오프닝 건너뛰기

2

오프닝 건너뛰기

은모든 소설

차례

오프닝 건너뛰기

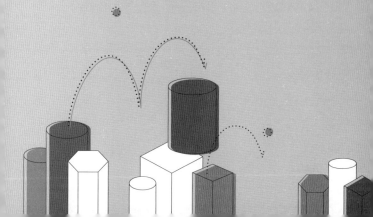

"이제 등을 대고 누우세요."

이 순간을 기다려왔다. 수미는 두 팔과 다리를 요가 매트 위에 뻗고 눈을 감았다. 똑, 하며 형광등을 끄는 소리와 함께 이미 감겨 있는 눈꺼풀 안쪽으로 실내를 메운 어둠이 한 겹 더 스며들었다.

두 달 전에 시작한 요가가 기대만큼 어깨 통증을 개선시켜주는 것 같지 않음에도 계속하고 있는 이유는 마지막에 이루어지는 사바아사나 시간에 있었다. 짧게나마 그저 숨을 쉬는 것만으로 채워진 시간을 갖고 나면 숙면을 취한 것 이상의 개운함을 느꼈다. 때로 노곤

해지며 잠이 들 것만 같은 순간은 또 그 나름대로 좋았다. 사바아사나라는 단어의 울림마저 마음에 들었는데, 그 뜻이 송장 자세라는 것을 알게 되었을 때는 '송장'이라는 말조차 이전보다 한결 편안하게 다가왔다.

점점 더 커다란 동심원 모양으로 퍼져나가는 싱잉볼의 묵직한 울림을 느끼며 수미는 천천히 숨을 들이쉬었다. 간밤에 또 한 번 경호와 다투던 순간이 떠올랐고 좀 더 차분하게 대꾸할 걸 그랬다는 자책과 함께 숨을 내쉬었다. 그러나 다음번 들숨에는 반성은 나 혼자만 하고 있는지도 모른다는 걱정이 밀려들었다.

"어깨에 힘 빼시고요."

뻐근한 부분을 정확하게 짚어서 풀어주는 손길에 잡념이 흩어졌다. 마지막으로 페퍼민트 오일이 목덜미를 훑고 지나갔다. 후끈후끈한 열감을 동반한 상쾌한 향기를 깊숙이 들이마시고 내쉬는 것을 끝으로 천천히 몸을 일으켰다.

요가원이 있는 건물에서 빠져나온 수미는 그곳에서 몇 걸음 떨어진 곳에 위치한 카페 '작은 여행' 앞에 우뚝 멈춰 섰다. 이름 때문인지 마음이 끌리는 곳이었지만 노트북을 챙겨 와서 들러봐야겠다고 생각하고는 막상 집에서 나설 때는 새까맣게 잊은 게 벌써 3주째였다.

"수미 씨." 같은 요가 수업을 듣는 은하가 곁에 다가와서 물었다. "여기 샌드위치 드셔보셨어요?"

"아니요. 여기 빵도 맛있대요?"

은하가 고개를 끄덕이고는 입맛을 다셨다. "오늘 사 가려고 했는데, 주말에 명주 언니네 집에서 너무 먹은 바람에 자제하려고요."

"하긴, 저도 사진 촬영할 일이 있어서 당분간 사 먹는 걸 좀 줄이기로 했어요."

두 사람은 자연스럽게 카페를 등지고 횡단보도 앞으로 걸음을 옮겼다. 은하는 주말에 수미도 함께 갔더라면 좋았을 거라며 아쉬워했다. 안타까운 마음은 수미 쪽이 더 컸지만 2박 3일간 여행을 떠날 여유가 좀처럼 나지 않았다.

"명주 언니는 잘 지내죠? 이사 간 집은 어때요?"

"좋았어요. 강화도 쪽하고도 가깝고요. 거기는 겨울에 가면 더 좋겠더라고요."

"왜요? 집이 남향이에요?"

수미가 묻자 은하는 장난기 섞인 미소를 지었다.

"명주 언니가 가르쳐주지 말랬어요. 수미 씨 얼굴

보고 싶으니까 직접 와서 확인하라고 하래요."

그러지 말고 알려달라고 한 번 더 청했을 때 은하는 마침 정류장에 마을버스가 왔다며 뛰어갔다. 수미는 명주에게 얼마나 특별한 집으로 이사를 간 거냐고 묻는 메시지를 보냈다 명주의 답이 없자 집 근처에 다다라서 이렇게 덧붙였다.

나도 언니 보고 싶어. 바람도 쐬고 싶고. 그래도 이런 시국에 투정 부리면 벌받겠지? 그때 언니 따라서 두 번째 우물을 팠기에 망정이지 안 그랬으면 올해 어떻게 됐을까? 생각만 해도 아찔해 정말.

기분 같아서는 당장이라도 달려가고 싶었다. 어디로든 훌쩍 떠나고 싶었다. 하지만 수미는 여행이 힘들어진 상황이나 현재 맡고 있는 쇼핑몰 홈페이지 구축 작업의 촉박한 일정에 관해서 불평할 마음이 없었다. 지금 같은 시기에 당장 수입이 줄어들 걱정을 하지 않아도 되는 것만으로도 다행이라고 여겼던 것이다. 마스크로 감싼 입가에 땀이 차오를 때면 마스크 없이는 바깥출입을 하지 못하게 된 상황 덕에 결혼식에서 해방될 수 있었다는 사실을 떠올렸다. 그러면 절로 웃음이 나왔다.

양가 부모님들의 바람대로라면 수미는 지난봄에 '5월의 신부'가 되어야 했다. 사실 수미는 그런 단어 자체를 낯간지럽게 여기는 성격이었고 결혼식에 대해서도 기대는커녕 번잡스러운 인상을 가지고 있을 뿐이었다. 그 점은 경호도 마찬가지였다. 두 사람은 '스드메' 같은 단어만 들어도 골치가 아팠다. 그럼에도 예식을 올리지 않는다는 선택지는 애초부터 고려조차 할 수 없었다. "그런 거 그냥 다 안 하고 넘어갈 수만 있으면 영혼이라도 팔겠어." 경호가 말하면 수미가 "그럼 나는 네 껍데기랑 살아야 되니까 다른 걸 팔아" 하고 대꾸하는 식으로 고작해야 농담이나 주고받을 뿐이었다.

경호는 막내인 데다 삼남매 중 하나뿐인 '귀한' 아들이었고, 수미네 부모님은 부모님대로 집안의 개혼이라며 적잖이 들떠 있어서 본식은커녕 폐백조차 건너뛸 수 없는 분위기였다. 그랬건만 전 지구에 퍼져나간 바이러스라는 변수가 나서준 것이다. 신혼집에 무혈입성하게 된 일을 생각하면 수미는 지금도 얼떨떨하기만 했다.

하객들에게까지 폐를 끼칠 수 없으니 일단 미루자면서도 언제든 다시 식을 치르자고 벼르던 양가의 기

세가 꺾인 것은 최근의 일이었다. 지난번 통화에서 수
미의 어머니는 한숨을 쉬며 말했다.

"아이고, 아무리 그래도 너 웨딩드레스 입고 찍
은 사진으로 액자라도 하나 만들어야지 않겠느냔 말이
야."

그리하여 수미는 조만간 스튜디오 촬영을 하고
결혼식이라는 굴레에서 완전히 벗어나기로 경호와 뜻
을 모았다. 수미는 오피스텔의 1층 현관에 들어선 뒤 습
관적으로 엘리베이터 버튼을 눌렀다가 이내 결심한 듯
계단을 오르기 시작했다.

"걸어왔어? 힘들었지."

경호가 물었다. 집 안으로 들어왔을 때 반겨주
는 얼굴을 보는 순간마다 수미는 누군가와 함께 산다는
일의 따스함을 느꼈다. 그리고 다음 순간이면 그 온기
를 전해준 사람이 지나는 곳마다 켜둔 형광등을 끄느라
분을 삭여야 했다.

"이건 또 왜 나와 있니?"

수미가 소파 위에서 뒹구는 케틀벨을 턱으로 가
리키자 경호는 "촬영하기 전에 나도 홈트 열심히 한다

고 했잖아. 그것이, 약속이니까" 하고 끊어 말하면서 은 근한 미소를 지었다. 고개를 까딱거리는 동작까지 곁들 이는 통에 수미는 느끼하다며 그를 밀치고서 옷방 겸 서재로 향했다.

그날의 저녁 당번은 경호였다. 두 시간 후 식사 시간이 되었을 때 식탁 한가운데에는 국물떡볶이가 담 긴 큼지막한 통이 놓여 있었다. 음식을 두 개나 시켰는 지 경호는 삼겹살구이가 든 팩의 비닐 포장을 벗기며 콧노래를 불렀다.

"최소한 배달 음식 이틀 연속으로 시키지는 말 자는 거. 그것도, 약속이잖아."

"괜찮아. 이건 생활비가 아니라 내 용돈으로 시 킨 거야."

"용돈은 돈 아니야? 이 상황이 언제 끝날지도 모르는데 겁도 안 나?"

"에이, 뭐 영원히 가겠어?"

"매운 거 먹고 또 내일 아침에는 속 쓰리다고 약 먹을 거면서."

경호는 그 말만큼은 못 들은 척 고기는 역시 남 이 구워준 게 맛있지 않느냐고 강조하더니 수미의 입에 쌈을 넣어주었다. 그러고는 민주 얘기를 꺼냈다. 수미는 지난해 연말쯤 민주를 한 번 본 적이 있었다. 대학 시절에 경호와 함께 영화 동아리 활동을 했던 그녀는 현재 언어치료사로 일하고 있다고 했다.

"걔가 대학에 강의도 많이 나간다는 얘기 했었지? 올해는 그걸 다 영상 강의로 돌리느라고 미치는 줄 알았대."

"코로나 때문에 다들 무슨 고생이니 이게."

"그러니까! 처음에는 폰이랑 노트북으로 어떻게 버텨보려고 했는데, 걔 노트북이 엄청 오래된 거거든. 그래서 태블릿을 하나 사기로 한 거야. 그 시점에 마침 괜찮은 모델이 예약판매로 40만 원대에 나온 거지."

수미는 쌈을 싸던 손을 멈추고 "그렇게 싸게 나왔다니까 자기도 따라서 산다는 얘기면 됐어, 나 안 들을래" 하고 선을 그었다. 그러자 경호가 억울하기 짝이 없다는 듯 손사래를 쳤다.

"내가 그걸 뭐 하러 사! 그리고 민주도 결국 그건 못 샀어."

"왜?"

"왜는, 고민하는 사이에 이미 다 나간 거지. 진

짜 괜찮은 조건으로 세일하는 거 링크 하나 뜨면, 알잖 아. 다들 빛의 속도로 달려드는 거. 암튼 그래서 그거 놓 치고 검색을 하고 또 하다 보니까 기왕 사는 거 좀 더 보태서 용량 넉넉한 걸 지르는 게 낫겠더라는 거야. 그 래서 결국 한 100만 원 들었대."

"요점이 뭔데? 비싼 게 좋다고?"

"속도가 생명이라는 거지. 어차피 지를 거, 하루 라도 빨리 지르면 그만큼 하루라도 더 오래 쓰니까! 가 격도 그래. 민주는 한 60을 더 썼잖아, 처음 예산에서. 그것 때문에 이번 달에 아주 죽겠대." 경호가 냉장고에 서 콜라를 한 캔 꺼내 왔다. "그래도 죽을 수는 없으니 어쩌겠어. 사두고 안 쓰는 걸 판다는 거야. 에어프라이 어도 판대. 걔 그거 만두 돌리는 데 딱 두 번 썼대. 자기 야, 배달 음식 지겹지? 에프만 사면 이런 삼겹살도 간편 하게 돌려 먹을 수 있어. 이거 두 번 시킬 값보다 싸게 먹힌다니까! 대박이지!"

에어프라이어로 만들 수 있는 요리를 신나서 설 명하는 경호의 얼굴을 바라보며 수미는 신기해했다. 3년 가까이 연애하면서 경호가 쇼핑을 즐긴다는 사실 은 잘 알고 있었지만 막상 함께 살아보니 연애 시절에

체감한 것과는 차원이 달랐다. 끊임없이 새로운 물건이나 서비스를 고르고 주문하는 것은 그의 취미이자 특기처럼 보였다. 적절히 제동을 걸지 않는다면 집 안이 발디딜 틈 없이 물건으로 가득 찰 것만 같았다. 그것은 지구에도 못 할 짓이라는 게 수미의 생각이었다. 가지지 않고도 살 수 있는 것들을 끊임없이 탐했다가 방치하여 결국 쓰레기로 만드는 일이 초래한 결과를 이상기후와 천재지변이라는 형태로 모두 함께 떠안고 있으니까. 사실 떡볶이 국물과 삼겹살 기름이 묻은 이 플라스틱 용기만 하더라도 얼마나 처치 곤란인가.

"5만 원짜리 에프 하나 사려는데 거창하게도 반대하네. 이건 신제품도 아니잖아."

"언제는 오븐토스터 사면 에프는 안 사도 된다며!" 수미는 소파 쪽을 가리키며 이야기를 마무리 지었다. "저거나 좀 제자리에 놓고 와서 얘기해."

경호는 투덜대며 자리에서 일어나 케틀벨을 공간 박스 안에 넣었다. 쿵 소리가 나고 수미의 시선이 날아들자 그는 변명하듯 일부러 그런 게 아니라 손이 미끄러진 거라고 강조했다. 오늘은 싸우지 말아야지, 다짐하며 수미는 잔소리를 속으로 삼켰다.

"진짜로 미끄러진 거야." 식탁 앞으로 돌아온 경호가 변명했다.

"알았어."

"……참, 어제 새벽에 자다 깨서 보니까 자기 엄청 웅크리고 자던데 벌써 그렇게 추웠어?"

"새벽에는 좀 그렇더라."

"이따 간절기 이불 꺼내야겠다. 차도 한잔 줄까?"

수미가 고개를 끄덕이자 경호는 카페인이 들어 있지 않은 허브차를 사둔 게 있을 거라며 찬장 안을 뒤지기 시작했다.

*

"차는 커피랑 녹차, 홍차 중에 뭘 드릴까요? 카페인 안 든 걸로는 율무차랑 캐모마일티도 있어요."

명주는 먼저 그렇게 묻고는 잠시만 기다려달라며 사장실의 문을 열어주었다. 수미는 코트를 벗어 가지런히 접었다가 다시 걸쳐 입었다. 겉옷을 벗고 있기에는 실내 온도가 너무 낮았다. 잠시 뒤에 찻잔을 들고 돌아온 명주 역시 터틀넥스웨터 위에 두툼한 패딩 조끼를 입고 있었다. 아예 난방을 하지 않는 모양이었다.

어쩐지. 수미는 한숨을 삼켰다. 일본인 관광객을 위한 여행 정보 사이트에 올릴 콘텐츠를 취재하고 작성하는 업무라면서 경력 무관이더라니. 일반 구인 사이트가 아니라 알바 전용 사이트에 올라와 있더라니. 낡은 다세대주택 1층에 자리한 사무실에 들어선 순간부터 끝없는 놀라움의 연속이었다. 네 개의 컴퓨터 책상과 복합기, 정수기 한 대가 띄엄띄엄 놓인 거실을 지키고 있는 인원은 단둘뿐이었다. 어수선한 거실과 달리 안방에 꾸려진 사장실은 앤티크 가구로 채워져 아늑하게 보였지만 공기가 싸늘하기는 마찬가지였다.

당시에 스물일곱이었던 수미는 알바까지 더하면 나름대로 면접 경험이 풍부했지만 한겨울에 난방이 되지 않는 곳에서 면접을 치르게 될 줄은 상상도 하지 못했다. 그러나 바로 그렇기 때문에 여느 때와 달리 긴장하지 않을 수 있었다. 새까만 무스탕 코트를 입고 약속한 시각을 20분 넘겨 나타난 대표는 심드렁한 얼굴로 대답하는 수미를 외려 추켜세웠다. 일문과를 졸업한 점을 들어 일본 관광객을 타깃으로 하는 자기 회사에 딱 맞는 '인재'라고 칭했다. 회사의 비전에 대해 속사

포처럼 말을 이었고 다음 주부터 출근해도 되지만 당장 내일부터 나와주면 더 좋겠다고 강조했다. 그녀는 수미가 대꾸할 겨를도 주지 않고 "배 과장!" 하며 명주를 불렀다. 곤란한 게 있으면 무엇이든 배 과장에게 물어보면 될 거라고 그녀는 거듭 일렀다.

딱히 그럴 일은 없을 것 같은데, 하고 생각했던 수미는 몇 주 후 첫 출근을 하여 이틀 오후 내내 명주 옆에 앉아서 개략적인 기사 작성과 업로드 방법, 포토샵 사용법까지 배우느라 손끝을 녹여가며 필기해야 했다. 그사이에 다른 일자리를 구하지 못한 탓에 초조해져서 어쨌든 자신을 '인재'라고 불러준 곳에 다녀보기로 한 것이었다. 대표는 환영회를 해주겠다더니 말뿐이었는지 얼렁뚱땅 넘어갔지만 명함은 미리 준비해두기라도 한 듯 곧장 발급됐다.

근무 시간은 일주일에 세 번, 오후 1시부터 다섯 시간이었다. 식대가 없고 난방은 혹한에만 가동하는 그곳에 두 계절 동안 다닌 이유는 절반이 '취재기자 박수미'라고 적힌 명함에, 나머지 절반이 함께 일하는 언니들에게 있었다.

세 명 중 유일한 정직원인 배명주 과장은 흔히

이르는 '멀티'였다. 잊을 만하면 한 번씩 "난 여기 분명히 웹디자이너로 들어온 건데" 하고 기막혀하면서도 사이트 운영 전반을 관장했다. 수미의 사수이자 에디터 역할이며 사무실 비품 관리, 대표의 자질구레한 심부름과 영수증 처리도 도맡아 했다. 무엇이든 명주에게 물어보라던 대표의 말은 확실히 빈말이 아니었다.

수미보다 석 달 앞서 알바를 시작했다는 하림은 인심이 좋아서 그해 겨울 동안 그녀에게 건네받은 핫팩만 해도 한 다스는 될 정도였다. 호빵이나 잉어빵처럼 온기가 어린 간식, 직접 구웠다는 머핀을 나누어 주는가 하면 정수기 위에 놓인 각종 티백 역시 하림이 가져다 둔 게 대부분이었다. 수미는 차를 마실 때마다 하림에게 한 번쯤 밥이나 차를 대접해야겠다고 생각했다. 하지만 함께 식사할 시간이 없었던 데다 대표가 세 사람이 개인적으로 친분을 쌓는 것을 지나칠 만큼 경계했다. 결국 세 사람이 한 테이블에 마주 앉게 된 것은 그해 겨울 끝자락에 명주가 마련한 하림의 송별회 자리가 처음이자 마지막이었다.

그날 수미는 자신에게도 주사가 있다는 사실을 알게 되었다. 저녁으로 해물찜을 먹고 나서 2차로 자리

를 옮기자마자 취해버려서는 같은 이야기를 하고 또 했
다는 게 명주의 증언이었다. 반복한 이야기의 골자는
하림 언니에게 얻어먹은 게 너무 많아서 그간 고마웠다
는 것, 첫 회식이 송별회라니 안타까움을 금할 길이 없
다는 것, 언니가 전에 관광가이드를 했다는 사실을 진
작 알았더라면 좋았을 것이라는 내용이었다고 했다.

수미는 "저 진짜 가이드가 꿈이었는데!" 하고 하
림에게 기댔던 순간은 떠올릴 수 있었지만 술주정한 기
억은 깡그리 잊었다. 지금도 선명하게 되새길 수 있는
것은 1차에서 나눈 대화였다. 수미가 자신은 여행업계
에 제대로 도전하기에는 늦은 것 같다고 푸념하자 하림
은 "무엄하다!" 하며 밥을 볶던 손놀림을 멈췄다.

"뭐예요, 언니. 사극에서 튀어나오셨어요?"

"아직 이십대면서 늦기는!" 하림이 볶음밥을 수
미에게 덜어주며 타박했다. "그때는 뭐든지 해볼 수 있
어. 삼십대 중반 돼봐라. 울면서 후회할걸."

"난 웹디자인 삼십대 중반부터 배워서 한 건데?"
명주가 거들었다.

"저는 문과라서⋯⋯."

"여기 우리 다 문과야, 수미 씨." 명주가 피식 웃

었다. "문과니까 아예 독하게 끝까지 한 우물을 파거나, 아니면 두 번째 우물을 파야지 뭐."

삼십대 중반에 새로운 분야를 배우는 일이 겁나지 않았느냐고 묻자 명주는 자신의 삼십대를 갉아먹은 일은 전남편과의 기나긴 이혼 과정이었으며, 그에 비하면 겁날 것은 아무것도 없다고 했다. 그러더니 맥주잔을 들다 말고 "아, 하나 있긴 해. 겁나는 거" 하고 덧붙였다.

"뭔데요? 과장님?"

"웹 쪽에서 일하면서 사십 되자마자 노안 왔다는 사람을 너무 많이 봤어." 명주가 진지하게 말했다. "수미 씨도 지금부터 조심해. 모니터 너무 가까이 보더라."

*

자정이 가까워졌을 때 수미는 망설임 끝에 컴퓨터 앞에서 일어났다. 두 눈이 뻑뻑했고, 안구 전반에 열감을 느꼈다. 반면에 발끝은 찼다. 거실과 부엌의 불은 켜져 있지만 거기에 경호는 없었다. 샤워를 하고 안방으로 들어가자 나지막이 코를 골며 잠든 경호의 모습이 보였다. 그 옆으로 그가 수미를 위해 꺼내놓은 간절기 이불이 있었다.

보송보송한 이불을 턱 아래까지 끌어 올려 덮고서 수미는 깊숙이 숨을 쉬었다가 내쉬기를 반복했다. 지금 이 순간에 자신을 감싼 따스함은 분명 경호가 마음을 써준 데서 온 것이었다. 그럼에도 마냥 고맙지만은 않은 것은 그가 떡볶이 국물이 튄 티셔츠를 그대로 입고 누워 있는 점이 아무래도 거슬리기 때문이었다. 오늘도 변함없이 잠자리에 눕기 전에 집 안의 불을 끄는 것을 잊은 탓도 있었다. 게다가 경호가 어젯밤에 뉴스를 보면서 무심코 던졌던 한마디가 하필 지금 다시 떠올랐기 때문이었다. 소파에 드러누운 채 도저히 같은 시대를 함께 살아가는 사람의 상식 안에서 나올 수 있는 말이라고 여기기 힘든 발언을 내뱉던 그 해맑은 얼굴에 수미는 일순 숨이 막힐 지경이었다. 어떻게 사태를 그토록 단순하게 해석할 수 있는지 믿을 수 없었고, 도대체 어디에서부터 설명해야 하는지조차 감이 오지 않았다. 경호는 다리를 뻗어 발끝으로 쿡쿡 찌르며 남의 일에 왜 그렇게까지 정색을 하냐고 되물었다. 여전

히 태평한 얼굴이었다. 수미가 한숨을 쉬자 그는 쏟아
지는 뉴스에 번번이 과몰입하다 보면 스트레스로 수명
이 줄 거라며 심상하게 채널을 돌렸다.

경호가 품고 있는 따스함과 단순함. 그 두 가지
가 서로 긴밀히 연결돼 있다는 것은 연애 시절부터 알
고 있었다. 아마도 과일의 껍질을 벗기고 씨앗을 도려
내듯 필요 없는 부분은 제거하고 원하는 부분만 취하는
것은 불가능한 일일 터였다. 누군가와 한집에서 평생을
살아가는 일의 본질이 거기에 있는 것일지도 몰랐다.
수미는 그 점을 받아들이기 위해 몇 달째 애쓰고 있는
중이었다. 이번에는 노력해볼 만한 가치가 있다고 거듭
되새겼으며 그 점은 경호 전에 사귀었던 남자들을 떠올
리면 더욱 명확해졌다.

이십대 후반을 잠식한 P와의 연애는 끝없이 서
운하고 서러웠던 기억만을 남겼다. 때로는 달콤한 말을
건넬 줄 알았지만 대체로 수미의 요구에 무관심하고, 자
주 약속을 어기고, 사과하는 순간조차 귀찮아하는 기색
을 완전히 숨기지 않던 P에게 휘둘리던 시간. 그 기간
수미의 삶은 질척이는 감정의 구렁텅이에 온몸을 처박
고 겨우 고개만 내밀어 가쁜 숨을 쉬는 모양새였다. P와

반대의 남자를 만나야겠다는 마음에 돌진하듯 다가온 이를 받아주며 맺었던 관계는 연애를 한다기보다 스토킹을 당한 것에 가까웠고, 종내는 무탈하게 이별하는 데만 신경을 집중해야 했다. 냉담한 사람에게 혼자 열을 내는 것도, 열병에 걸린 상대를 일방적으로 감내해야 하는 일도 다시는 경험하고 싶지 않았다. 경호는 수미가 원하던 적당한 온기를 품고 있는 사람이었다. 친구들도 그녀가 경호를 만난 후에 한결 밝아졌다고 입을 모아 말하곤 했다. 아마 북향의 원룸과 월세 걱정에서 벗어나 경호와 함께 이 집으로 이사 온 후에 조금 더 밝아졌을 것이다.

그 점을 잘 알고 있건만 옆자리에 누워 있는 사람과 평생 함께 살아야 한다고 생각하면 여전히 현실감이 느껴지지 않았다. 어디든 훌쩍 떠나고 싶어진 마음으로 알람을 맞추기 위해 휴대전화를 들었다. 액정에는 명주가 보낸 메시지가 떠올라 있었다.

'너는 보고 싶다고 맨날 그렇게 말만 하더라! 그렇게 바빠? 한번 놀러 와!'

당장이라도 그러고 싶었다. 수미는 다음 주말의 일정을 뺄 수 있을지 가늠해보았다. 그러다 다음 순간

에는 자기도 따라가겠다고 할 게 빤한 경호의 반응을,
그때 그의 얼굴에 떠올라 있을 단순하고 무방비한 표정
을 떠올렸다.

*

"명주 누나라는 사람은 도대체 정체가 뭐야?"

주차장을 빠져나오면서 경호가 물었을 때, 수미
는 질문의 의미를 파악할 수 없어서 고개를 갸웃했다.

"요가원도 그 누나가 소개해줬다고 했었지?"

"응. 전부터 그 요가 다니던 은하 씨라고 있는데
언니랑 은하 씨랑 친해. 둘이 전에 제빵 수업 같이 들었
대."

"제빵도 했대? 역시, 안 해본 일이 없고 모르는
사람이 없는 분이네."

하긴 그렇다며 수미는 고개를 끄덕였다. 적당
한 스튜디오를 찾기가 귀찮아 촬영을 미루고만 있던 차
에 명주가 지인의 지인을 소개해주었던 것이다. 정체라
는 말까지 들먹이지는 않았지만 몇 해 전에 명주가 인
천으로 이사한다는 소식을 알리며 웹 에이전시의 '기획

이사'라는 직함이 적힌 명함을 건넸을 때는 수미도 비슷한 질문을 던졌다. 인천에도 생활 기반이 있었느냐면서. 그때 명주는 "임대료 싸니까 가기로 한 거지 뭐. 말이 에이전시지 얘, 그냥 구멍가게야" 하고 호탕하게 웃었다.

경호는 처음부터 대답을 바라고 질문한 것은 아니라는 듯 엘리베이터 거울에 비친 자신의 얼굴을 들여다보는 데 열중했다. 눈을 끔뻑이더니 옆모습을 점검하듯 왼쪽으로 살짝 고개를 틀며 짓는 표정에 만족감이 배어 나왔다.

"기왕 찍는 거 세미 말고 풀로 갈 걸 그랬나?"

"3킬로 뺐다고 그렇게 자존감이 하늘을 찔러?"

"오늘 아침부로 3.6킬로. 한 일주일만 더 있었으면 5킬로도 가능했는데."

국물떡볶이를 시킨 이튿날과 그다음 날까지 수미는 경호가 화장실을 들락거리는 기척 때문에 아침잠을 설쳤다. 그러면서도 장염에 걸리지 않은 게 어디냐고 실실거리던 경호는 돌연 이제 배달 음식은 주말에 한 번만 시키고 콜라도 끊겠다고 선언했다. 그와 같은 미술학원에서 일하는 호승이 대장에 용종이 생겨 수술

날짜를 잡았다는 소식을 접하고 난 직후였다. 한동안 공간 박스 안에 처박혀 있던 케틀벨도 매일 사용했다. 작심삼일이 될 것임을 짐작하면서도 다이어트 시기가 마침 스튜디오 촬영 직전과 겹친 점은 절묘하다고 수미 는 생각했다.

메이크업과 헤어스타일링을 받고 나서 노곤한 몸으로 드레스를 입고 나왔을 때 경호는 벌떡 일어나더 니 영화 속 남자주인공들을 흉내 내듯 "아유 눈부셔! 도 저히 눈을 뜰 수가 없는데!" 하며 호들갑을 떨었다. 그 때까지만 해도 장난스러웠던 두 사람은 막상 카메라 앞 에 서자 표정이 뻣뻣하게 굳어버렸다. "신랑님, 신부님 한테 좀 더 붙을게요. 시선은 그윽하게! 슬픈 거 아니에 요!" "신부님도 조금만 더 미소를 지어볼게요! 지금 눈 이 슬퍼요!" 하고 거듭 요청하던 포토그래퍼는 급기야 헛웃음을 짓더니 두 사람을 향해 이렇게 말했다.

"두 분, 저기 혹시 각자 정인이 따로 있는데 정 략결혼 하시는 건 아니죠? 지금 느낌이 너무 그쪽이거 든요."

수미는 정략결혼이라는 말에 웃음이 터졌다. 보 름 후 스튜디오에서 전송해준 사진 중에는 상체를 옥

죄듯 감싼 드레스를 입고 평소에는 엄두도 내지 않는 11센티미터 높이의 가보시힐에 올라 박장대소하다 휘청거리는 수미의 어깨를 붙잡아주는 경호의 얼빠진 표정이 담긴 컷도 있었다. 각자의 본가에 보낼 액자에도 앨범에도 넣을 수 없는 컷이었지만, 수미는 어쩐지 그 사진이 가장 마음에 들었다. 다음에 또 싸웠을 때, 도무지 원망이 가라앉지 않을 때 꺼내 보려고 휴대전화에 사진을 고이 저장해두었다.

*

추석 연휴를 앞둔 9월의 마지막 월요일, 수미는 일어나자마자 옷방 겸 서재로 직행했다. 봄을 거쳐 여름 내내 경호와 한집에서 지나치게 오랜 시간을 함께 보내면서 쌓인 피로감 탓이었다. 결정적으로 신경을 거스른 것은 돈과 관련된 문제였다.

경호가 지난달 중순에 미술학원에서 받아야 했을 급여의 지급이 지난달 말로, 이달 초로 거듭 연기되더니 넷째 주가 되도록 소식이 없었다. 그 문제로 이미 수미는 경호와 여러 번 다퉜다. 경호는 몇 차례나 길게 휴강해야 했던 올해 사정상 원장에게 밉보였다가는 아예 자기 자리가 없어질지 모른다며 추석 때까지는 기다려보자고 했다. 비록 유학을 계획하는 학생이 당장은 줄더라도 순수미술의 특성상 머지않아 수요가 회복될 것이라고 확신한다고도 했다. 수미는 급여가 며칠도 아니고 한 달 넘게 밀리는데 독촉 메시지 한 통 보내는 것조차 겁내는 그의 태도를 도저히 납득할 수 없었다.

"그러다가 페이 떼인 일 없어?" 하고 따져 물으면 허허 웃을 뿐이었다. 그 대책 없는 얼굴이 기막혀서 지난 주말에는 눈물까지 흘리고 말았다.

정신 건강을 위해서라도 얼굴을 마주하는 시간을 줄이는 게 상책이라고 여기며 모니터를 쏘아보던 수미를 방 밖으로 나오게 한 것은 냄새였다. 은은하게 고소한 냄새가 나는 듯하더니 점차 뭔가가 타는 듯한 냄새로 바뀌었던 것이다.

주방으로 나오자 오븐토스터에서 연기가 새어나오고 있었다. 허겁지겁 타이머를 끄고 문을 열자 매캐한 연기가 빠져나왔다. 베란다의 창문을 활짝 열고 온 수미는 연신 재채기를 하면서 겉면의 절반 이상이 새까맣게 탄 삼겹살을 꺼냈다. 짭짤한 냄새가 나는 다

갈색 양념이 눌어붙은 팬을 찬물에 담그자 요란한 소리와 함께 또 한 번 연기가 피어올랐다. 싱크대에는 채소를 썰다 만 도마 주변으로 각종 양념이 어지러이 놓여 있었다. 그 꼴을 해놓고 경호는 안방에도 욕실에도 없었다. 수미는 잠시 식탁 의자에 앉아서 심호흡해보려 했지만 타버린 고기와 양념 냄새를 들이마시자 마음이 안정되기는커녕 화만 치밀었다.

채소를 마저 썰고, 도마를 씻어 넣은 후 오븐 팬을 수세미로 문질러보았지만 타버린 양념은 진득하게 엉겨 좀처럼 닦이지 않았다. 그제야 마트 비닐봉지를 들고 들어온 경호가 숯처럼 변한 삼겹살을 보고는 비명에 가까운 신음을 흘렸다.

"이걸 이렇게 두고 나가면 어떡해." 수미는 최대한 감정을 억누르며 말했다.

"미안해. 점심으로 분짜 해놓으려고 했는데 피시소스가 없어서 마트까지 사러 가느라. 자기 분짜 좋아하잖아. 편의점에서 피시소스 팔았으면 안 태웠을 텐데."

경호는 수미의 눈치를 살피며 여섯 개들이 콜라캔 번들을 해체해 냉장고 안에 차곡차곡 넣었다. 수미는 경호에게 팬을 들어 보이며 종이 포일을 깔지 않은 과오를 따졌다.

"그러게, 깜빡했어. 나와, 내가 닦을게."

수미는 경호를 가볍게 밀치며 식사 준비나 마저 하라고 일렀다. 경호는 한동안 소스를 만드는 데 집중하더니 침묵이 부담스러웠는지 입을 열었다.

"근데 아무리 오피스텔이라도 역시 식기세척기는 설치할 걸 그랬어. 요새는 설거지 직접 하는 거보다 기계에 돌리는 게 물도 덜 든대."

그 순간 수미는 수세미를 개수대 안쪽으로 내던지고 고무장갑도 벗었다. 경호의 휴대전화를 집어 들고는 놀란 눈을 하고 따라온 그에게 지금 원장에게 전화하라고 윽박질렀다.

"무슨, 갑자기 점심시간에 돈 얘기 하는 전화를 걸어. 이러지 마 진짜."

"추석이 코앞이잖아. 이번 달이 며칠이나 남은 줄 알고 그렇게 태평해? 돈 처쓸 생각만 하지 말고 전화를 하라고! 네가 못 하겠으면 내가 건다니까!"

경호는 한 번 더 이러지 말라고 사정했지만 수미가 휴대전화의 비밀번호를 누르자 다급해진 듯 수미

의 손목을 쥐고 오른손으로 휴대전화 끄트머리를 잡아
당겼다. 수미는 그의 손을 떼어내려고 했으나 역부족이
었다. 손에서 뽑혀나가듯 미끄러진 휴대전화는 둔탁한
소리를 내며 거실 바닥에 떨어졌다. 수미는 엉거주춤한
자세로 그 자리에 주저앉아 손자국이 난 자신의 팔목과
사선으로 두 줄의 긴 금이 간 경호의 휴대전화를 쏘아
보았다.

　　그 순간 맨 먼저 든 생각은 터무니없게도 경호
에게 또 휴대전화를 최신형으로 바꿀 핑계가 생겼다는
것이었다. 수미는 그 점에 스스로도 놀랐다. 유년기에
자신이 가장 지긋지긋해하던 입만 열면 돈 얘기를 하는
사람이, 얼마 되지 않는 액수에 벌벌 떨며 만사를 돈과
연결 짓는 사람이, 다시 말해 자신의 부모와 같은 사람
이 되어버린 것만 같았다.

　　옆에서 안절부절못하고 선 경호는 미안하다는
말을 반복했다. 그 침울한 얼굴을 바라보며 수미는 경
호에게 최소한 자신이 닮을까 두려워한 부모의 모습보
다는 나은 점이 있다고 냉정하게 판단했다. 아빠 같으
면 설령 휴대전화를 자기 손으로 집어 던졌더라도 엄마
에게 사과하지 않았을 테니까. 아빠라는 사람은 애초에

그 어떤 잘못을 하고도 엄마에게 순순히 사과하는 법이 없었다.

"잠깐 나가서 바람 좀 쐬고 올게."

수미는 경호의 대답을 기다리지 않고 마스크를 집어 들었다. 집에서 15분 거리의 공원에 들어서서 벤치에 걸터앉자 발끝으로 지면을 밀어내듯이 달리면서 멀어지는 사람들의 모습이 눈에 들어왔다. 저렇게 뛰고 나면 얼마나 개운할까. 조깅을 즐길 수 있다면 좋았을 거라고 수미는 오랜만에 생각했다. 하지만 자신에게는 정적인 운동이 맞았다. 아무리 자세에 신경을 쓰면서 뛰어도 곧잘 무릎 안쪽이 쑤셨으며 통증은 거듭할수록 심해졌다. 그것은 명주를 따라 한강 변을 뛰어본 경험을 통해 알게 된 사실이었다.

*

취재를 마친 명주가 뛰는 모습을 처음 본 날, 수미는 넋이 나간 채 앉아서 트랙을 달리는 그녀를 지켜보기만 했다.

그날의 취재지는 사무실에서 가까운 이대와 신

촌역 근방의 게스트하우스였다. 첫 번째 게스트하우스의 스태프는 "전에 거기보다 더 큰 사이트에서도 쿠폰 뿌려봤는데 별 소용도 없던데요" 하고 면전에서 귀찮은 내색을 했다. 두 번째로 방문한 곳은 정반대였다. 육십대 중후반으로 보이는 사장님은 노후 자금으로 들어두었던 적금이며 보험까지 깨서 모두 쏟아부었다며 모텔이었던 건물을 리모델링하여 마련한 게스트하우스를 열정적으로 소개했다. 사이트의 미미한 존재감과 회원 수 탓에 취재에 건성인 곳을 더 많이 겪어왔던 수미는 사장의 협조에 우선 안도했다. 하지만 그가, 나중에는 사모까지 나와서 입을 모아 강조하는 그곳의 인테리어 포인트를 받아 적는 동안 답답한 기분이 들었다. 화려한 포인트 벽지하며 알록달록한 침구, 1층의 방 두 개를 터서 만든 라운지 곳곳을 장식한 한류 콘텐츠 등등 '포인트'가 지나치게 많은 탓에 전체적으로는 조잡스러워 보였기 때문이었다.

"젊은 아가씨들 취향으로 꾸며봤는데 아가씨들이 보기에는 어때요?"

사모가 물었을 때 수미는 자기도 모르게 대답을 미루며 명주의 얼굴만 바라보았다. 명주 역시 곤란한

듯 잠시 카메라를 만지작거렸지만 이내 결심했는지 은
근하게 미소 띤 얼굴로 고개를 저었다.

"아직 오픈 전이고, 두 분 노후 자금까지 다 들
였다고 하시니 말씀드릴게요. 장식이 너무 많네요." 명
주는 한 번 더 멈칫하더니 카메라를 조작해 앞서 취재
한 게스트하우스 사진을 내밀었다. "요즘 젊은 사람들
은 이런 느낌을 더 선호해요."

"이건 뭐, 너무 밋밋하지 않은가?"

"아니요, 사장님. 죄송하지만 여기가 과해요. 열
이면 아홉은 그렇게 느낄 거예요. 물론 그중에 한 명은
여기가 더 좋다고 느낄 수 있겠죠. 근데 그래서는 부족
하잖아요."

"아이고, 부족하지!" 부부는 입을 모아 말했다.

명주는 무엇보다 침구를 무늬가 없는 것으로 교
체하고, 난잡한 장식물을 치우라고 강조했다. 처음에는
말로만 예시를 들다가 나중에는 참고삼을 만한 제품을
구체적으로 지정해주었다. 가까운 김에 사진 찍으러 한
번 더 와야겠다며 그런 노고를 참작하여 우리 사이트에
제공하는 예약 할인쿠폰의 양을 늘려달라고도 당당하
게 요구했다. 그곳에서 나오자마자 대표에게 연락하더

니 현지 퇴근까지 관철했다. 평소처럼 사무실에 들렀다 퇴근하면 P와의 약속에 늦을 터였으므로 수미는 물 흐르듯 이어지는 명주의 일 처리에 기립박수라도 칠 태세였다. 하지만 명주는 "아, 이놈의 오지랖" 하며 기가 찬다는 듯 웃었다.

"과장님 엄청 좋은 일 하신 거 같은데요?"

"그렇겠지? 부부가 노후 자금 얘기하는데 그게 영 남 일 같지가 않더라. 웬지 아니? 우리 큰이모도 이번에……."

P에게서 갑자기 급한 일이 생겼다며 약속을 취소하는 메시지가 온 것은 바로 그 시점이었다. 수미가 곧바로 전화를 걸어보았으나 그는 받지 않았다. 한 번 더 걸자 이번에는 전화기가 꺼져 있다는 안내가 나왔다. 심박수가 빨라졌다. 아무리 피치 못할 사정이 생겨도 약속 직전에 취소하고 숨지는 말자고 약속한 게 고작 몇 주 전의 일인데 P는 또 잊은 모양이었다. 혹은 한시간 정도의 시간은 그가 생각하는 '직전'에 해당하지 않는지도 몰랐다. 그는 곧잘 수미로서는 납득하기 힘든 자신만의 기준을 들이대고는 했으니까. 그럴 때 그의 얼굴에서는 어떠한 감정의 동요도 읽히지 않았다. 식

은땀이 난 손에서 미끄러진 휴대전화가 보도블록 위로
떨어졌고 그것을 집으려다가 휘청거리는 수미의 어깨
를 붙잡으며 명주가 괜찮으냐고 물었다. 수미는 그렇다
고 하고 싶었지만 눈물을 보일 것 같아서 한숨만 내쉬
었다. 명주는 딱하다는 표정으로 고개를 젓더니 한숨을
보탰다.

"보니까 아직 그 인간이랑 헤어지려면 멀었네.
나 안 그래도 뛰러 갈 참이었는데 같이 좀 뛰어볼래? 한
바탕 뛰고 나면 심신이 싹 개운해진다. 진짜야."

수미는 개운하다는 말에 이끌려 명주를 따라 연
대 교정으로 향했지만 막상 그곳에 당도해서는 명주의
짐을 맡고 앉아 트랙을 달리는 그녀를 바라보기만 했
다. 뭔가 지켜볼 대상이 있다는 게 다행이었다. 그렇지
않았더라면 언젠가처럼 휴대전화에 열이 오르다가 배
터리가 나가버리도록 거듭해서 P에게 전화를 걸었을
것만 같았다.

"여기가 별 재미 없어 보이면 다음에 한강에 가
보자. 그럼 양화대교가 박수 쳐줄 거야."

땀에 젖은 얼굴로 돌아온 명주는 그렇게 말했
다. 양화대교가 박수를 쳐준다는 게 무슨 의미인지 묻

자 명주는 직접 가보면 안다며 씩 웃기만 했다.

그래서였을까. 실제로 양화대교 아래를 함께 뛰었던 어느 토요일 오후, 봄이 시작되는 것을 오감으로 느꼈던 그날의 기억은 유달리 선명했다. 수미는 겉옷으로 바람막이 하나만 걸치고 나온 탓에 떨면서 뛰기 시작했지만 금세 추위가 가시는가 싶더니 이내 명주의 예고대로 머릿속이 맑아지면서 시야까지 개운하게 밝아지는 느낌을 받았다. 꽃망울을 터뜨리기 시작하는 개나리, 자전거 페달을 밟으며 눈 깜짝할 사이에 멀어지는 사람들, 늠름하게 솟아 있는 여의도의 빌딩과 그 위에 떠 있던 새털구름. 양화대교 아래에 다다랐을 때 명주가 손뼉을 치자 박수 소리가 대교의 철골에 부딪쳐 울렸다. 마치 한강을 가르는 다리가 함께 박수를 쳐주는 듯했다. 바람막이를 벗고 강바람을 맞으며 수미도 명주를 따라 양손을 쫙 펼치고 두 손이 아프도록 손뼉을 쳐보았다. 쩡쩡 울리는 소리를 듣는 게 좋았다. 당장 무엇이든지 새로 시작해볼 수 있을 것 같았고, P와도 얼마든지 헤어질 수 있을 것 같았다. 그런 기분이 든 것은 난생처음이었다.

*

다투고 난 이틀날은 토요일이었다. 잠에서 깬 수미는 습관적으로 시간을 확인한 뒤 열 시간 넘도록 잤다는 사실을 깨닫고 깜짝 놀랐다. 평소보다 한참 잤음에도 개운하다는 느낌이 없었는데 꿈에서 걷고 또 걸어다녔기 때문이었다. 침대에 누운 채로 상체를 이완시켜준다는 요가 동작을 해보았지만 자세를 제대로 취하고 있는 것인지 확신이 들지는 않았다.

안방 문고리를 잡은 순간, 수미는 거실로 나가면 희미하게나마 어제 맡았던 고기 탄 냄새가 나리라고 예상했다. 그러나 막상 문을 열자 고소한 빵 냄새가 훅 끼쳤다. 식탁 앞에 앉아서 노트북 화면을 들여다보고 있던 경호는 영상을 정지시키더니 수미의 눈치를 살피며 "배고프지" 하고 자리에서 일어났다.

"짠! 자기 좋아하는 스콘 만들었어."

녹차를 넣어 에어프라이어에 구웠다는 스콘은 푸르스름한 빛깔이었다. 먹음직스러워 보이지 않았고, 뭔가를 먹고 싶은 기분도 아니었지만 수미는 화해의 제스처로 경호가 준비한 그것을 한 입 베어 물었다. 그러자 의외로 촉촉한 식감이 느껴졌다. 녹차의 풍미도 살아 있었다.

"처음 만든 건데 이런 맛이 난다고?"

"괜찮지? 확실히 에프 사길 잘했지?" 경호의 얼굴에 미소가 번졌다.

그 질문에 냉큼 원하는 대답을 해줄 마음은 들지 않아서 수미는 정지화면을 가리키며 무엇을 보고 있었느냐고 물었다.

"부부가 같이 볼 내용은 아닌 것 같지만 재밌더라 이거."

경호가 영상을 재생시켰다. 타이틀 시퀀스가 나왔으므로 수미는 어떤 내용이냐고 되물으며 화면 한구석에 있는 오프닝 건너뛰기 버튼을 클릭했다.

"자기 전에 이 드라마 본 적 있어?"

"아니." 수미가 고개를 저었다.

"처음 보는 건데도 오프닝을 안 본다고?"

"건너뛰는 게 습관이 돼서."

"와, 나는 이런 기능은 누가 쓰나 했어. 알고 봤더니 우리 집에 있을 줄이야." 경호가 신기해했다. "자기야, 타이틀 시퀀스는 작품이랑 세트야. 레스토랑 가서 식전

빵 안 먹을 거야? 그러는 거랑 똑같다고."

그가 다시 영상을 처음부터 재생시키자 팝아트 풍 애니메이션으로 구성된 타이틀 시퀀스가 시작되면서 'WHY WOMAN KILL'이라는 제목이 화면 중앙에서 상단으로 떠올랐다. 경호는 I 자가 있어야 할 자리에 길쭉한 식칼을 그려 넣은 센스를 보라며 검지로 화면을 가리켰다. 그러더니 팝아트풍 이미지를 보면 항상 언급하는 이야기를 꺼냈다. 유학 생활 초창기에 우연히 들른 어느 팝아트 전시에서 만난 현지인 커플과 친구가 되어 그곳에서 사는 내내 도움을 받았다는 추억담이었다. 수미는 타이틀 시퀀스를 감상하자더니 떠드는 데 여념 없는 그의 모습에 속으로 웃다가, 이내 이야기가 어떻게 흘러갈지 빤히 보여서 한숨을 삼켰다. 아니나 다를까 그는 허겁지겁 정리해야 했던 유학 생활을 술회하며 서글픈 표정을 지었다. 그렇게 될 줄 알았더라면 무대미술로 진로를 변경할 기회가 있었을 때 망설이지 않았을 거라는 말도 언제나처럼 덧붙였다. 그 세계의 끄트머리에 발이라도 담가볼 걸 그랬다는 것이었다.

"하다못해 마지막 해에 워홀 비자로라도 바꿔서 더 버텼어야 되는데, 그때는 그런 생각까지는 못했지.

뭐, 내가 멍청했던 거지. 누구 탓을 하겠어."

"그렇다고 자학까지는 하지 말고."

수미는 경호에게 애처로운 마음이 들었으나 한편으로는 부부란 서로가 만나기 전에 겪은 아픔마저 끝없이 달래주어야 하는 사이일까, 하는 의문이 들었다. 새삼 자신이 진심 어린 위로를 전하는 법에 무지하다는 사실을 깨닫기도 했다.

수미의 부모님은 빠듯한 경제 사정과 상반된 성격을 골자로 사사건건 부딪치는 관계였다. 두 사람이 서로를 감싸고 다독이는 모습을 본 기억은 드물었다. 자라는 동안 제대로 보고 배운 적 없으니 이제라도 누군가 정확하게 가르쳐준다면 좋을 것 같았다. 혹은 그대로 따라 할 만한 모범적인 예시라도 있었으면 싶었다. 하지만 흔히 접하는 드라마와 영화와 리얼리티 쇼는 두 사람이 사랑에 빠지고 커플로 맺어지는 과정에 초점이 맞춰져 있었다. 혹은 눈앞에 재생되고 있는 드라마처럼 커플 사이의 위기와 갈등에 주목했다. 수미는 시작의 설렘이나 관계의 파국보다는 그 사이에 위치한 미묘한 순간을 다룬 이야기를 찾아보고 싶었다. 도대체 다른 부부들은 서로의 차이를 어떤 식으로 조율하고 보듬어가는지 알고 싶다고 생각하는 와중에 휴대전화 벨이 울렸다. "어머님이시네" 하고 중얼거리자 경호가 자신에게 달라는 듯 오른손을 내밀었다.

"왜 내가 받냐고? 수미 일해요, 엄마. 응, 아침에도 일하고, 저녁에도 일하고, 주말에도 일해요. 어차피 스피커폰으로 해서 아빠도 같이 듣고 있죠?" 수미가 그만하고 휴대전화를 넘겨달라고 손짓하자 경호가 고개를 저었다. "아빠, 프리랜서라고 널널한 게 아니라고요. 저처럼 일이 반토막 나면 모를까. 그러니까 이번 추석은 포기하세요. 나라에서도 자제하라고 그러는 거 아시죠? 불효자는 옵니다, 들어보셨죠? 설에 갈게요."

수화기 저편에서 말이 길게 이어지는 듯 경호는 한동안 눈을 감고 있다가 뜨더니 왼손으로 손부채질을 했다. "우리 아빠 또 연설 시작하셨네. 아빠, 지금 며느리 된 도리를 얘기할 그런 상황이 아니에요. 저 학원이고 문센이고 수업 다 줄었어요. 삽화 작업하던 책은 여행 에세이라 출간 연기됐고요. 지금 우리 집 가장이 수미라고. 수미가 돈 안 벌면, 당장 이번 달 대출금도 못 내고 쌀이 떨어질 판이라고요. 그러니까 애 일하게 내버려둬요, 좀. 설에는 간다잖아요."

통화가 길어지는 것 같아서 마음이 불편해졌지만, 수미는 주변에서 가장 먼저 결혼한 친구가 힘주어 말했던 바를 떠올리며 식탁 위에 놓인 루테인과 종합비타민 정제를 삼켰다.

친구는 말했다. 앓느니 죽지, 하는 마음으로 하나씩 자청해서 포기하다가 정신을 차리고 보면 돌이킬 수 없는 데까지 가는 것이 결혼 생활이라고, 그 점을 마음에 새기라고 강조했다. 그래서 경호가 통화를 마칠 때까지 지켜만 보았다. 그에게 고맙다고 말하고 싶었지만 낯이 간지러워서 수미는 영양제를 밀어주며 둘만 아는 농담을 건넸다.

"정략결혼이라 그런지 거짓말 잘하더라. 근데 쌀 떨어진다는 얘기는 너무 간 거 아니야?"

"한 번이 어렵지 뭐, 두 번은 쉽던데."

"무슨 얘기야? 나한테도 거짓말한 거 있어?"

경호는 그런 게 아니라며 뒷머리를 긁적이더니 자리에서 일어났다. 커피를 마시면서 자세히 얘기해주겠다던 그가 싱크대 앞에서 멈칫하고는 다시금 머리를 긁적였다. 마침 원두가 동이 난 탓이었다. 수미는 마구 뻗쳐 있는 그의 머리칼에 흘긋 시선을 던졌다가 조용히 일어나 캡 모자와 마스크를 가지고 왔다.

"나가서 마시자. 가장이 커피 한잔 정도는 사줄게."

수미는 요가원에 드나들 때마다 가보고 싶었던 카페에 드디어 가게 되었다는 사실에 발걸음이 가벼웠다. 경호는 두 사람이 같이 살게 된 이래 함께 카페에 가는 것은 처음이라고 말했다. 수미의 입에서 반사적으로 설마, 라는 말이 나왔지만 기억을 되짚어보라는 경호의 어조는 자신만만했다.

"정말로 올해 들어 같이 카페에 한 번도 안 갔다고?"

"밥 사 먹고 나면 오늘은 이제 돈 더 못 쓴다고 칼같이 잘랐잖아."

수미는 스스로의 단호함에 새삼 놀라며 "코로나 때문에 그런 거지. 돈 때문만은 아니었어"라고 핑계를 대고는 화제를 돌렸다. 수미의 이야기는 그러나 몇 걸음 더 가지 않아 뚝 끊기고 말았다.

목적지였던 카페가 사라져 있었다.

'작은 여행'이라고 적힌 간판이 있던 자리가 휑

했다. 통유리창 너머로 보이는 실내에는 테이블 몇 개가 구석에 남아 있을 뿐 집기가 다 빠진 상태였다. 유리문 손잡이 위에는 영업 종료를 알리는 메모가 붙어 있었다. 수미가 몇 주간 요가 수업에 가지 못한 사이에 그러한 일이 벌어진 모양이었다.

"도저히 못 버텼나 보다." 경호가 혀를 찼다. "2020년은 진짜 다 같이 약속하고 삭제해줘야 돼."

할 수 없이 길 건너에 있는 카페로 들어갔지만 좌석의 간격이 좁아서 두 사람은 각자의 커피를 손에 쥐고 다시 거리로 나왔다. 그러는 김에 조금 걷기로 했다.

"오늘은 천천히 걸어." 무슨 말인가 하고 쳐다보는 수미의 시선을 느낀 경호가 겸연쩍은 표정으로 덧붙였다. "어제 자기 따라 나갔는데 걸음이 얼마나 빠른지. 바로 따라 나갔는데도 보여야 말이지."

허탈하게 동네를 돌다가 지친 그는 동료인 호승에게 전화를 걸어 하소연했다고 말했다. 그러다가 깜짝 놀랄 이야기를 들었는데 미술학원 원장이 처자식이 있는 사람들에게는 이미 지난주에 급여를 입금해주었다는 것이었다. 경호는 통화를 끊자마자 원장에게 연락을 넣었다. 그런 차별은 부당하지 않느냐고 따져 묻고 싶었지만 실제로는 납작 엎드려 올 한 해 얼마나 마음고생이 크셨냐는 위로를 먼저 건네고 한동안 이어지는 신세타령에 맞장구도 쳐주었다고 했다. 그렇지만, 하고 떨리는 마음을 억누르며 경호는 입을 열었다.

"아시잖아요, 결혼식만 못 올렸지 저도 이제 가장이에요, 원장님. 저 혼자면 어떻게 버텨보겠는데 제가 먹여 살려야 될 사람이 생겼잖아요. 한 푼이 아쉽습니다. 부탁 좀 드릴게요."

알겠다는 간명한 대답이 돌아왔지만 긴장의 끈을 늦추지 않고 있었는데 오늘 오전, 수미가 일어나기 직전에 드디어 입금되었다고 경호는 말했다. 그 말을 듣자 수미는 안도했지만 안도감이 드는 것치고는 입맛이 썼다.

"고생했어."

"진짜 웬만하면 그런 전화는 안 하고 살고 싶다. 돈 얘기는 진짜 입이 안 떨어져."

"그래도 해야 돼, 힘들수록 더. 네가 그 말을 미루고 안 하면 내가 백 번이고 천 번이고 말하게 된다고."

"맞아." 경호는 인정했다.

"나는 입만 열면 돈, 돈, 그러는 사람 되고 싶지

않아. 그러려면 내 입에서 나오기 전에 네 입에서도 돈 얘기가 나와야 돼. 나랑 살려면 너 이거 절대 잊어버리면 안 돼."

자신이 이 점을 왜 이토록 강조하게 되었는지에 대한 얘기는 하지 않기로 했다. 그 이야기를 꺼냈다가는 분위기가 다시금 침울해질 것 같다고 수미는 생각했다.

"열심히 노력하면 다음에는 양화대교랑 같이 박수 쳐줄게."

"그건 무슨 얘기야?"

"그런 게 있어. 다음에 직접 받아봐."

대답을 미루는 수미에게 경호는 잘 기억해두겠다고 했다. 그러면서 그는 어느 영화에서 주인공이 말하기를 나이가 들수록 시간이 빨리 간다고 느끼는 이유 중 하나가 생애 첫 번째로 하는 경험이 줄어들기 때문이라 하더라고 전했다. 처음으로 자전거를 타는 데 성공하고, 처음으로 해외여행을 떠나고, 첫사랑에 빠지는 강렬한 순간들이 기억 사이사이에 기둥처럼 솟아올라 구획을 만드는데, 처음 접하는 경험과 자극이 드물어지고 빤한 일상만 반복하다 보면 긴 시간이 하나의 덩어리로 인식되어서 점점 시간이 빨리 흐르는 것처럼 느끼게 된다는 것이었다.

"그러니까 앞으로 우리 둘이 처음으로 해보는 일을 많이 만들면 좋겠다, 안 그래?"

경호의 질문은 제법 달콤하고 포근하게 들렸다. 그랬으므로 수미는 만약 살면서 다시 한번 결혼을 하게 되어 첫 번째 남편이 전남편이 되는 사건이 생긴다면, 기억을 구획하는 정말 커다란 기둥이 될 것 같다는 농담은 굳이 입 밖으로 내지 않았다.

*

축축하고 차디찬 공기가 어깨를 움츠러들게 하는 12월의 어느 날 수미는 처음으로 명주와 둘이서 1박 2일간 여행을 떠나게 되었다. 명주가 평소에 가보고 싶었던 강원도 소재 리조트의 할인 숙박권을 샀는데 남자친구가 갑자기 출장을 가게 되었다며 시간이 되느냐고 연락해 온 것이었다. 언제부터 연애를 하고 있었느냐고 물어도 명주는 같이 가면 자세히 얘기해주겠다고만 대답했고, 수미는 승낙을 할 수밖에 없었다. 명주의 집에 가볼 기회는 내년으로 미뤄졌지만 맑은 공기를 마시며

밀린 이야기를 실컷 할 생각만으로도 좋았다. 명주는 함께 '불멍'을 하고 싶다며 장작을 넉넉히 준비했다.

　　장작과 불쏘시개용 이면지, 라이터를 가지고 화롯가에 설 때까지만 해도 모든 것이 순조로운 듯했다. 수미는 이제 몇 분 지나지 않아 장작불을 하염없이 바라보는 여유를 즐길 수 있을 줄 알았다. 하지만 실상은 녹록지 않았다. 장작에 불이 옮겨붙기 전에 이면지가 다 타버려 급한 대로 나무젓가락의 포장지도 모자라 나무젓가락까지 불쏘시개로 써보았지만 불꽃은 타오르다 말고 금세 꺼졌다. 명주는 불에 공기가 닿지 않아서 그런지도 모르겠다며 다이어리를 가지고 와서 화로 쪽으로 부채질하기 시작했다. 그러자 두 사람 주변으로 매캐한 연기가 자욱해졌다.

　　"언니, 나 머리카락에서 스모크햄 냄새나."

　　"야, 나도." 명주가 웃었다. "그냥 너희 집 미대 오빠도 데리고 올 걸 그랬나 보다."

　　"아휴, 걔는 이런 거 못 해. 막내아들이라고 얼마나 곱게 자랐는데."

　　수미가 코웃음 쳤다. 경호는 나서줬으면 싶은 일은 대체로 미루면서 때로 좀 혼자 내버려두었으면 하는 때에만 엉겨왔다. 오늘 아침만 하더라도 집을 나서는 그 순간까지 따라가면 안 되느냐고 조르던 부루퉁한 얼굴을 떠올리자 절로 한숨이 나왔다.

"나는 언니, 아무래도 나랑 잘 안 맞는 사람이랑 결혼한 거 같아. 그걸 왜 살아보고 나서야 알았을까? 머리가 나빠서 그런가. 내가 멍청한 걸 가지고 누굴 탓할 수도 없고 참……."

"너 요가에서 이제 호흡이 좀 되는 것 같다고 했었지."

"응. 시선에 신경 쓰느라 호흡이 자꾸 흐트러졌는데 이제 좀 좋아지고 길어지고 그런 것 같아."

"그런 거지 뭐. 평생 숨을 쉬고 살지만, 막상 요가에서 호흡 제대로 하려면 시간이 걸리잖아. 누구랑 살아보기도 전에 파악이 다 되겠어? 그래도 너희 집 미대 오빠는 손맛은 좋다며."

"그거 없었으면 진작 그 변호사 명함 달라고 했을걸."

"연락처 어디 안 가니까 정 못 살겠으면 얘기해."

"든든하네"라는 대답을 마치기도 전에 눈 안으로 연기가 들어가서 수미는 잠시 눈을 감았다가 떴다.

그러고는 모닥불 피우는 방법을 검색해본 끝에 불꽃이 커지지 않는 이유를 파악하게 되었다. 패착은 장작을 배치한 방식에 있었다. 장작 사이에 틈을 주지 않고 쌓아놓으면 아무리 외부에서 부채질을 해도 소용이 없는 것이었다. # 모양을 만들듯이 얼기설기 얹어서 내부에 공기를 머금을 수 있는 공간을 만들고 부채질을 하자 비로소 붉은 불꽃이 기세 좋게 타올랐다. 그러다 또 언제 꺼질지 몰라서 두 사람은 한동안 선 채로 화로 안만 들여다보고 있다가 조심스레 캠핑 의자에 앉았다. 한시름 놓은 명주가 깜빡하고 있었다며 숙소에 들어가더니 은박지로 싼 고구마와 감자를 가지고 나왔다. 남자친구가 준비해주었다는 그것들을 살그머니 장작 사이에 밀어넣은 다음 다이어리로 부채질을 시작하자 명주의 이마와 콧잔등에 땀이 맺혔다.

"불 이제 붙었는데 그렇게 더워?" 수미가 물었다.

"갱년기라 열이 확확 올라."

"언니가 벌써 무슨 갱년기야."

"몸에 나타나는 증세가 그렇고 의사도 맞다는데 갱년기 맞지 뭘. 옛날에 우리 사장 있잖아. 그 사람이 그때 자기는 사무실이 하나도 추운지 모르겠다고 그러던

게 진짜였나 싶어, 요즘 같아서는."

"무스탕이 고급에 엄청 두꺼운 거여서 그랬던 거 아니고?"

"그래, 그 점도 있겠다. 요새는 뭐 하고 살려나? 일본 여행 상품도 못 팔고 본인이 가지도 못할 텐데."

이런 상황이 오기 한참 전에 사이트는 사라졌다. 그 사실을 처음 알게 되었을 때 수미는 쌤통이라고 여기면서도 마음 한구석에서는 헛헛한 기분을 느꼈었다. 결국 그곳이 자신이 다닌 처음이자 마지막 여행 관련 일터일 줄 알았더라면 작성했던 기사 중 몇 개라도 캡처해서 간직할 걸 그랬다는 생각도 들었다. 냉담한 얼굴로, 심드렁한 얼굴로, 아주 간혹 간절한 얼굴로 홍보 기사에 실을 내용을 전하던 인터뷰이들의 얼굴을 떠올리며 수미는 와인이 담긴 잔을 들었다.

"나 요새는 도가니도 시원찮아서 뛰는 시간을 줄이고 걷는 시간을 늘렸어." 명주가 말했다. "처음에는 좀 우울했는데, 우리 할머니가 아흔둘에 가셨거든? 그럼 나는 한 백 살 안 살겠니? 그렇게 치면 이제 절반 된 시점이니까 뭐, 받아들일 건 받아들이기로 했지."

반박할 도리가 없는 말이었다. 그와 같은 관점

에서 보자면 자신이 살아온 시간은 대략 생의 3분의 1쯤 되는 것이었다. 수미는 문득 남은 세월이 까마득하게 여겨졌다. 지금 나이의 곱절이 되었을 때는 무슨 일로 돈을 벌어 생활을 이어나갈 수 있을 것인가. 그때도 곁에 경호가 있을 것인가. 명확한 그림이 그려지지 않았다. 수미는 화로에 장작을 두어 개 더 넣으며 명주의 새로운 연인에 대해 물었다.

"일단 자상한 사람이야. 감자랑 고구마랑 이렇게 하나하나 싸준 것 좀 봐라. 그러면서 이거 익는 거 기다리는 동안 장작이 타는 소리를 들어보라고 그러더라. 불멍은 보는 것도 좋지만 듣는 게 포인트래. 그 타닥 타닥하는 소리를 듣느라 시간 가는 줄 모르는 거래."

"진짜? 듣는 게 포인트라는 얘기는 처음 들어보네."

어쩌면 오늘 기억의 기둥이 될 만한 경험이 한 가지 더 생길지도 모르겠다고 수미는 생각했다. 그러고 보니 한집에 살게 된 이래 처음으로 경호와 떨어져서 보내는 밤이기도 했다. 테이블 반대편에 놓인 휴대전화의 LED 센서가 아까부터 깜빡이고 있는 것도 아마 그가 메시지를 보내왔기 때문일 터였다. 수미는 휴대전화를 가져오기 위해 일어났다가 도로 의자에 앉았다. 경호가 지난달에 새로 구입한 최신형 휴대전화, 그것으로 인해 여러 번 다툰 일, 그때 자신이 경호에게 퍼부었던 날카로운 말이 꼬리에 꼬리를 물고 떠오른 탓이었다.

수미는 화로 속으로 시선을 돌렸다. 적당한 틈을 사이에 두고 포개진 나무가 타고 있었다. 생애 처음으로 직접 피워 올린 모닥불이었다. 타오르는 불꽃을 바라보며 가만히 귀를 기울이자 뭔가가 하염없이 끓어오르는 것 같기도 하고, 손이 닿지 않는 곳으로 영영 사라져버리는 것 같기도 한 소리가 났다.

쾌적한 한 잔

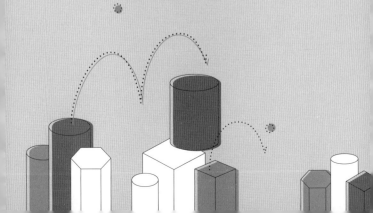

"자상한 배우자도, 눈에 띌 만한 경력도, 그럴듯한 취미도 없이 버티는 동안 몇 가지 습관에 톡톡히 기댔다. 매일 붓는 소액 적금처럼 모이고 쌓인 습관이 단단해지자 크고 작은 위기 너머를 내다볼 수 있는 지지대가 되어주었다."

은우가 지난해 SNS에서 접한 그 글은 어느 작은 베이커리 주인이 개점 3주년을 기념하며 올린 소감의 일부였다. 처음 읽었을 때는 '남자친구'도 '여자친구'도 아닌 '배우자'라는 단어가 가장 먼저 눈에 들어왔으므로, 작성자가 자신과 같은 정체성을 가진 사람일지도 모른다는 생각이 스쳤다. 몇 달 뒤 자신의 추측이 틀렸다는 사실을 알게 되었을 즈음에는 은우에게도 한 가지 새로운 습관이 생겼다. 저녁 식사의 양을, 그중에서도 탄수화물의 양을 절반으로 줄인 것이었다. 아이러니하게도 빵집 주인의 영향을 받아서 빵을 덜 먹게 된 셈이었다. 출출한 밤에는 자주 유혹을 느꼈지만 이튿날 아침이면 전보다 가뿐한 컨디션을 체감했으므로 지속할 힘이 났다. 덩달아 아침 식사를 챙기는 새로운 습관도 따라왔다.

"그럼 이제 운동할 차례야. 먹는 것만 줄이면 훅 간다."

친구인 봉천은 함께 조깅을 하자고 부추겼다. 은우는 번번이 봄이 오면 고려해보겠다고 핑계를 댔는데, 오늘 아침에 일어나서는 다른 방법으로 거절했어야 한다고 후회했다.

트레이닝팬츠를 입고 운동화를 신은 채 집을 나선 은우는 엘리베이터 거울에 비친 자신의 모습을 곰곰이 살펴보았다. 큼지막한 회색 스웨트셔츠를 걸치고도 더는 어려 보이지 않았다. 영락없이 삼십대 중반으로 보였다. 드디어 캐주얼한 차림을 하면 학생들과 구분이 되지 않는다는 간섭에서 벗어날 시점이 된 것 아닐까 싶어 봉천에게도 의견을 물을 참이었지만 그는 은우가 약속 장소인 한강 공원에 다다르기 직전에 전화를 걸어 왔다. 쭈뼛대는 음성으로 벌써 출발했느냐는 질문을 던 졌으므로 이어질 말이야 빤했다. 남친을 따라갈 일정이 생겼거나 다퉜겠지. 오늘은 전자였다. 아웃렛에 가봐야 한다고 봉천은 말했다.

"형이랑 소파 사러 가기로 해놓고 깜빡했다야. 다른 건 몰라도 소파는 앉아보고 사야 되잖아."

은우는 건성으로 그렇겠다고 대답하며 한강 공 원 안쪽으로 들어섰다. 다소 흐린 날씨임에도 주차장과 편의점 주변은 나들이 나온 사람들로 북적였다. 어린아 이의 손을 잡고 나온 가족 단위가 많았고 유모차도 자 주 눈에 띄었다. 저들의 집에는 대체로 거실이 있고, 거 실에는 대부분 소파를 두고 살 테지. 은우는 생각했다. 소파 위에 앉든 등만 기대고 바닥에 앉든 나란히 앉아 서 시간을 보내리라고.

지금껏 은우가 살았던 집에서 소파라고는 본가 에 있는 것뿐이었다. 부모님은 소파 위에 앉기보다는 바닥에 앉아 등을 기대는 용도로 더 많이 사용했다. 아버지 생전에 저녁상을 물린 다음이면 항상 꼭 붙어 앉아서 과일을 먹으며 TV를 시청하던 부모의 모습을 떠올리며 은우는 오랜만에 어머니에게 전화를 걸었다. "벚꽃이 이제 많이 졌네요" 하고 인사를 건네자 어머니는 마침 자신도 산책 나온 참이라며 반가워했다.

"누구처럼 병원 신세 오래 지다 가지 않으려면 건강해야지. 너 부담 안 주고, 나중에 느이 댁도 고생 안 시키려면 내가 건강해야지." 어머니는 잠시 받은 숨을 몰아쉬었다. "아무튼 엄마는 네가 누구를 데려와도 반대 안 할 거야, 알지? 넌 그저 어떤 아가씨를 만나든 부담 가질 거 하나 없다고만 전하면 돼. 우리 집은 명절에도 부담 안 줄 거라고. 여행 가고 싶으면 그때 다 가도 된다고."

"생기면요."

그래, 생기면 말이야, 하고 은우의 말을 받은 어머니는 얼마 전에도 선 자리가 하나 들어왔으나 그야 몇 살이 되었든 제 짝은 스스로 찾을 일이라며 딱 잘라 거절했다고 했다. 지금껏 어머니는 한 번도 선을 보라고 종용한 적이 없었지만 자기 선에서 거절했다는 얘기는 꼬박꼬박 전했다. 은우에게 부담을 주고 싶지 않다는 말도 어김없이 따라붙었다. 그 말에 담긴 진심을 모르지 않았으므로 은우는 알겠다고 대답하며 부담 대신 모종의 죄책감을 느꼈다. 죄책감이라고는 하지만 존재감은 미미한 크기의 감정이었다. 거실장 위에 으레 하나쯤 올려두고 방치하는 장식품처럼. 한 번씩 눈에 띄면 치워야겠다고, 하다못해 먼지라도 떨어내야겠다고 인식한 후에 대체로 존재 자체를 잊고 지냈다.

통화를 마치고 나서 별다른 목적의식 없이 걷다가 양화대교 가까이 닿았을 때 은우는 띄엄띄엄 늘어선 벤치의 빈자리부터 찾았다. 20분쯤 걷고 나서 의자를 찾는 것을 보니 운동 부족인 게 분명했는데 마침 벤치 앞으로 철제 기구를 이용해 체력 단련에 열심인 사람들이 가득해서 더욱 비교되었다. 힘찬 반동으로 윗몸일으키기를 하는 사람, 기구에 올라 두 팔과 다리를 힘차게 내젓는 할머니, 2단 줄넘기를 시도하느라 모래 먼지를 일으키는 아이들이 보였다. 그들 사이에서 운동을 하지 않는 사람이라고는 바람막이를 허리에 묶고 반듯하게 선 여자뿐이었다. 그녀는 대교를 올려다보며 양손을 어깨너비로 벌리더니 짝, 짝, 짝 하고 박수를 쳤다. 그렇게 세 번씩 두 차례 더 두 손바닥을 부딪치더니 싱긋 웃고는 다시 걸음을 옮겼다. 은우는 문득 저 사람이 사는 집에는 소파가 있을까, 나란히 앉을 사람은 있을까, 하고 궁금히 여겼다.

그날 저녁에는 중학교 동창이 아내와 함께 새로 열었다는 한식 주점에서 모이기로 약속이 잡혀 있었다. 오랜만에 걷고 왔더니 셔츠를 다릴 일이 귀찮아진 은우는 바지만 갈아입고 상의는 그대로 스웨트셔츠를 입은 채 나갔다가 약속 장소에 도착하여 낭패감을 느꼈다. 매장 분위기가 '한식 주점'이라는 말을 듣고 예상한 것과는 차이가 났던 것이다.

문을 열자마자 시선이 닿는 위치에 놓인 달항아리 하며 테이블 사이를 가르는 파티션의 용도로 놓인 병풍, 곳곳의 생화 장식까지 한눈에 보아도 오브제를 고르고 배치하는 데 공을 들인 태가 나는 공간이었다. 한옥 서까래를 살려 리모델링한 실내는 높은 천장으로 개방감을 확보하면서도 술잔을 기울이기 적당할 만큼 어둑했으며 은은한 재즈가 흘렀다. 주방에서 나온 동창 역시 포멀한 검은 셔츠를 갖춰 입은 모습이었다.

"내가 아는 전통 주점이 평민들 쉼터면 여기는

대감집 같다." 은우가 감탄하자 "이야, 대감집! 듣기 좋은데" 하고 동창이 싱글거렸다.

"오픈까지 고생 많았겠다. 어떻게 지냈어?"

"나야 항상 잡혀 지내지 뭐. 이제 오픈까지 했으니까 여기 메여 지내고." 동창은 껄껄 웃더니 바 테이블 쪽 손님이 부르자 장난기를 쏙 뺀 얼굴로 대답한 뒤 안쪽 테이블 쪽으로 가보라며 은우의 어깨를 툭 쳤다.

은우가 등장하자 소하가 일행의 짐을 구석으로 치우며 자리를 만들어주었다. 모인 사람은 다섯 명이었는데 은우를 기다리느라 본격적으로 시작하지 않고 있었다며 양쪽에서 메뉴판을 펼쳤다. 은우 옆자리에 앉은 인구는 안주에는 관심이 가지 않는 듯 "나는 막걸리 안 단 걸로" 하더니 "아니 은우 쌤아, 요새는 고딩들도 주식 많이 친다며? 진짜냐?" 하고 물었다.

"주식을 쳐?" 은우가 되물었다.

"그게 여의도 은어래." 소하가 대신 대답했다. "인구 너 좀 전에는 주식 얘기 하지 말자며."

"말이 그렇지 일절 안 하고 어떻게 사냐고. 근데 오늘 미국 주식은 확실히 금지어다. 진수도 오늘 그것 때문에 못 온 거야. 걔 이번에 재수 씨한테 각서 써줬잖

아. 쓰긴 나도 썼다만. 암튼 은우 쌤아, 너는 애들한테 좀 가르쳐줘라. 나랑 진수 얘기를 팔아, 엉? 그래도 되니까, 개미 팔자가 어떤 건지 얘기를 꼭 좀 해주라고. 너 그거 대한민국 미래에 이바지하는 거야."

은우는 특성화 고등학교의 문학 교사로 올해는 1학년 학급의 담임도 맡고 있었다. 고등학교에 부임했다는 사실을 처음 알렸을 때는 동창들의 부러움을 사기도 했다. 그러나 근무지가 특성화 고등학교이며 전에는 공고였던 곳이라고 알리자 선망의 시선에 염려의 눈빛이 섞여들었다. 애들이 억세서 힘들겠다, 난 교복 입은 애들이 제일 무섭더라, 실업계 애들은 교문만 나서면 담배를 피운다면서? 동창 모임뿐 아니라 어디에 가도 비슷한 질문을 들었다.

실은 은우도 부임하기 직전까지는 만약의 사태를 위해 합기도나 복싱을 배워두어야 할까 고민한 적도 있었다. 그러나 막상 접한 아이들은 예상만큼 거칠지 않았다.

필기도구 하나 없이 등교하거나 청소 시간에 교실 안에서 스스럼없이 두꺼운 아이라인을 그리는 녀석들도 인사성은 좋았다. 학교는 체벌을 금지하고 있었

고, 은우는 폭언을 하는 타입도 아니었으므로 아이들은
학교 안에서나 밖에서나 은우를 보면 쌤! 하고 방긋방
긋 웃으며 인사를 건네 왔다.

　수년간 근무해본 경험으로 보면 학교 폭력이나
집단따돌림이 발생하는 문제는 외려 인문계보다 사정
이 나은 듯했다. 성적에 대한 압박감이 덜한 만큼 같은
목표를 두고 밟고 밟히며 경쟁하는 아이들보다 서로 적
대감이 덜한 것이 당연한 일일지도 모른다고 은우는 생
각했다.

　다만 그렇게 밝고 순한 아이들의 상당수는 수
업 시간이면 한 덩어리로 빚은 듯 멍하고 게으른 모습
을 보였다. 은우는 "이 시조에서 화자가 자연을 대하는
태도가 어때?" 하고 물어서 정적을 만드는 대신에 "이
시를 쓴 사람이 자연을 좋아해, 안 좋아해? 자연이랑 친
해, 안 친해?" 하고 최소한의 선택지를 만들어주는 방
식으로 수업을 진행했고, 그럭저럭 자다 깨다 수업 시
간을 버틴 아이들이 쉬는 시간이면 얼굴에 생기를 띠며
허물없는 농담을 건네는 일에도 익숙해졌다.

　은우는 그 점에 대해서, 꿈 없이 하루하루를 소
비하는 데 익숙해진 아이들에 대해 이야기하고 싶었지

만, 동창들의 관심사가 되지 못할 것을 잘 알았다. 그중 누구도 미래의 자녀가 인문계 고등학교에 진학하지 못할 성적이 되리라고 상상하지 않을 것이므로. 그러나 일부는 그런 일을 겪을 수밖에 없으리라고 생각하면서 은우는 학교 이야기가 나오면 어찌 됐든 아이들은 예쁘다고 말했다.

"그럼, 예쁘겠지." 인구가 말했다. "원래 좀 까진 애들이 예쁘잖아. 고딩 중에도 진짜 예쁜 애는 딱 눈에 띄지?"

"그게 학생한테 할 소리야? 그리고, 은우가 언제 여자 얼굴 밝히디?" 소하가 혀를 찼다. 소매가 시스루로 처리된 새까만 블라우스를 입은 그녀는 한쪽으로 넘긴 머리끝을 만지작거렸다.

"맞아. 은우는 어릴 때도 안 그랬어."

"여자 얼굴로 급 나누고 그러지는 않았지."

여자 동창들이 소하의 말에 맞장구쳤다. 그러자 인구가 은우의 어깨를 짚더니 "은우 쌤, 수상해. 아예 여자한테 관심이 없는 건 아니지? 그렇다고 남자 좋아하면 곤란해" 하고 질겁하듯 손을 떼며 웃음을 터뜨렸다. 은우도 잠깐 멍한 표정을 지었다가 따라 웃었다.

소하는 요새 누가 그런 농담을 하느냐며 다시금 인구를 나무랐다. 그리고 자기 잔을 비운 뒤에는 은우를 향해 신경 쓰지 말라는 듯 부드러운 미소를 보였다.

은우로서는 자꾸 시선을 맞추고 눈웃음을 짓는 소하의 행동이 인구의 부적절한 농담만큼이나 부담스러웠다. 돌이켜보면 동창 모임은 늘 이런 식으로 흘렀다. 그렇다면 나는 어째서 실망과 부담으로 가득한 이곳에 굳이 한자리를 차지하고 있는 것일까. 은우는 잔안에 든 술을 단번에 비우고 맥주 한 잔을 더 주문했다.

얼마 지나지 않아 테이블 위에는 주문한 것에 서비스로 받은 것을 더해 메뉴판에 오른 거의 대부분의 안주가 등장했다. 하나같이 맛이 좋다고, 간도 적당하고 플레이팅에도 품위가 있다고 칭찬이 이어졌다. 그러나 은우는 입맛이 돌지 않아 거푸 맥주만 들이켰다. 그러곤 얼굴뿐 아니라 목까지 벌겋게 달아오른 모습으로 컨디션이 좋지 않다는 핑계를 대고 2차로 향하는 일행 사이에서 자연스레 빠져나왔다. 천천히 지하철역을 향하고 있는데 등 뒤에서 그의 이름을 부르는 소리가 들렸다.

"한 잔만 더 하자." 어느새 그를 따라온 소하가

그의 어깨에 손을 올리고 가쁜 숨을 내쉬고 있었다. "나 너한테 사과할 거 있어."

웬 사과냐며 반문하는 은우를 편의점으로 데려 간 소하는 캔 맥주 두 개를 사가지고 와서 하나를 은우 에게 건넸다. 은우가 멀뚱히 바라보고만 있자 그녀는 편의점 앞 파라솔 의자에 앉더니 플링을 따서 캔 맥주 를 그의 손에 쥐여주었다.

"너 얼굴만 벌겋지 안 취했잖아."

소하는 꿀꺽꿀꺽 소리를 내며 맥주를 들이켠 뒤 크게 숨을 몰아쉬었다.

왜 저렇게 애쓰는 것처럼 보일까 싶어 은우는 의아해했다. 캔을 내려놓는 모습이 마치 프릴이 잔뜩 달린 원피스를 입고 뱅그르르 도는 것처럼 과장되게 느 껴지는 이유는 무엇일까. 은우의 시선을 감지한 소하가 말없이 미소를 지었다. 호텔 컨시어지에서나 볼 법한 정제된 미소였다.

"너, 만나는 사람 있어?"

잠깐의 침묵을 깬 소하가 물었다. 은우가 아니 라 테이블 위에 놓인 캔 맥주를 보고 물었기 때문에 그 질문은 캔 맥주에게 던진 것만 같았다.

"아니."

"나도 그래. 엉뚱한 사람한테 목을 매다가 괜찮은 사람은 다 놓쳤어."

"왜 그럴까……." 은우는 다른 할 말을 찾지 못했다.

"아까는 가만있었지만 나는 사실 꽤 벌었거든. 주식 말이야."

"감이 좋은가 보다."

"기본적으로 남들이 하는 말에 휩쓸려서 사지도 않고, 팔지도 않거든. 그게 진짜 중요한 거 같아. 휩쓸리지 않는 거. 아마 그래서 그런가 봐."

주식 얘기라고만 생각하며 고개를 끄덕이는 은우를 가리키며 소하는 "아니, 너 말이야" 하고 쓴웃음을 지었다.

"너 좋아하는 게 아마 그래서 그런 거 같다고." 소하가 은우의 얼굴을 흘겨보았다. "야, 그런 얼굴 할 거 없어. 고백하려고 잡은 거 아니고 사과하려고 뛰어온 거라니까. 아까 인구가 너 남자 좋아하는 거 아니냐고 그런 거 말이야. 그거 나 때문이야."

은우는 소하의 말이 장난인지 진심인지를 가늠

하며 시각을 확인했다. 어느새 밤 11시를 향해가고 있었다.

"오늘 내가 제일 먼저 왔잖아. 그러고 나서 희영이랑 인구가 같이 왔거든. 걔들이랑 그런 얘기를 했어. 넌 어쩌면 그렇게 연애한다는 얘기 한 번 안 들리는지 신기하다고. 희영이가 너보고 초식남 아니냐고 하더라. 내가 그때, 은우가 혹시 만나는 사람이 있는데 우리한테 밝히기가 뭣하거나 그런 건 아니겠지? 하고 입방정을 떨었어. 그래서 인구가 그런 소리를 한 거 같아."

소하는 한숨 섞인 음성으로 미안하다고 말했다. 은우는 그녀가 진심으로 사과하고 있다는 사실을, 그럼에도 불구하고 그가 게이가 아닐까 하는 의심을 완전히 거두지는 않고 있다는 것을 알아챘다. 이런 순간을 위해 그는 몇 가지의 핑곗거리를 준비해두고 있었다. 이를테면 이루어질 수 없는 사람을 잊지 못하고 오랫동안 마음에 품고 있다는 분위기를 풍긴다면 한동안 편해지리라고 계산해두었던 것이다. 그러나 어릴 적부터 보아온 소하에게 적극적으로 거짓말을 할 마음이 들지 않았다. 속일 자신이 없기도 했다.

"가끔 그렇게 생각하는 사람들이 있더라고."

"야, 더 얘기 안 해도 돼, 안 물어볼게." 소하가 딱 잘라 말했다. "앞으로는 쓸데없는 소리 안 할 테니까 잠수는 타지 마. 너 안 나오면 나도 안 나올 거고, 그럼 희영이도 안 올 텐데 연락을 누가 돌리겠니? 아예 안 모이게 될걸. 생각만 해도 싫고 겁이 다 난다."

"겁이 난다고?"

"그래." 소하는 잠시 말을 고르더니 "너는 겁 안 나?" 하고 되물었다. 그러더니 요새 느끼는 두려움에 대해서 말했다. 연애에는 통 관심을 두지 않던 사람도, 일밖에는 모르는 것 같던 선배도, 심지 굳은 비혼주의라던 친구도 하나씩 짝을 찾는 모습을 보면서 결국에는 자기만 혼자 남는 것이 아닐까 두려워졌다는 것이었다. "너 그러다 나이 들어서 혼자 쓸쓸해서 어떻게 하려고 그래" 하는 엄마의 말을 더 이상 전처럼 가볍게 듣고 넘길 수 없을 만큼 겁이 난다고, 그러나 두려움만으로 변하는 것은 아무것도 없다고 소하는 이야기했다. 사람들은 아주 간단하다는 듯이 눈을 낮추라고 이야기하지만 서른이 넘어 만난 타인은 하나같이 너무 다르고, 또 멀더라고 중얼거렸다. 그래서 정작 만나면 별달리 즐거울 것도 없는 동창 모임도 소중하다고 했다. 어찌 됐든 익숙하니까. 상대의 눈에 어떻게 비춰질까 신경 쓰면서 애써 자신을 포장할 필요는 없으니까. 그런 모임을 자기 손으로 없애고 싶지는 않다고 말했다.

"어릴 때처럼 재밌는 것도 아닌데 굳이 이렇게 또 모였네, 하는 생각을 나만 하는 게 아니었구나."

은우는 짐짓 장난조로 대꾸했지만 실은 소하의 이야기에 깊이 공감하고 있었다. 한편으로는 결국 나 혼자 남을지도 모른다는 두려움의 크기는 그녀보다 자신이 더 크리라고 확신했다.

은우는 서로 배려하고 신뢰할 수 있는 친밀한 배우자를 원했다. 그에게 호감을 보이는 여자도 없지 않았다. 그러나 결코 상대를 온전히 만족시킬 수 없었다. 두 번의 연애는 그가 버림받으면서 막을 내렸고, 그럼에도 은우는 이별의 원인이 자신에게 있다고 여겼다. 그렇다면 혹여 소하가 느끼는 불안과 자신의 죄책감을 맞바꿀 수는 없을까? 머릿속에 그런 생각이 스쳤지만 이내 고개를 저었다. 그리고 아이를 달래듯 부드러운 어투로 소하를 위로했다. 스스로 생각해도 뻔하고 형식적인 위로였다.

호출한 택시가 오기를 기다리며 대로변에 섰을

때 소하는 네 말대로 그렇게 됐으면 좋겠다고 중얼거렸
다.

"문제는 요새 연애를 걸어보고 싶은 사람도 안
보이고, 수작 부릴 기력이 안 난다는 거지. 그래서 말인
데, 외국 영화처럼 한 마흔쯤 되어도 둘 다 만나는 사람
없으면 말이야, 그냥 너한테 확 결혼해버리자고 할까
봐. 그럼 받아줄래?"

장난기 섞인 어투로 물은 뒤에 짐짓 어색한 듯
거듭 머리를 쓸어 올리는 소하의 옆모습을 보면서 은우
는 기다려왔다는 듯 단박에 그러자고 대답하는 자신의
모습을 그려보았다. 상상은 장난기 어린 어투로 "너 나
중에 말 바꾸면 안 돼"라고 다짐을 받으며 마주 서서 소
하와 눈을 맞추는 모습으로 번졌다. 자신이 침착하고
어른스럽게 관계를 발전시킬 수 있는 사람이었으면 좋
았으리라고, 최소한 소하의 말을 유쾌하게 받아칠 수
있는 사람이었더라면 한결 편했으리라고 은우는 진심
으로 아쉬워했다. 밤이 되자 피부를 스치는 바람은 차
가워졌지만 손에는 땀이 나서 양 손바닥을 바지 옆단에
닦고 화제를 다시 영화 얘기로 돌렸다.

"〈내 남자친구의 결혼식〉, 그 영화가 네가 지금

말하는 그런 내용이었는데. 주연이 카메론 디아즈였지, 아마?"

"진짜 주인공은 줄리아 로버츠였어. 세상에, 줄리아 로버츠라니, 우리 연식 나오는 거 봐."

"우리 학년주임 선생님이 그러시던데. 연식을 잘 다듬고 가꾸면 그게 연륜이라고. 연륜을 가지고 더 잘 찾아봐. 내가 문제지 너는 마흔까지 혼자일 리가 없어."

그녀는 은우가 그렇게 나올 줄 알았다는 듯 흠, 하고 크게 숨을 들이쉰 뒤 천천히 내쉬었다. "까일 것 같았어. 아, 진짜 오랜만에 까여봤다."

은우는 눈을 어디까지 낮출 셈이냐며 소하를 타박했다. 그러고는 그녀가 탄 택시가 시야에서 멀어질 때까지 씩씩하게 양손을 흔들었다. 차인 것 같은 기분이 들지 않도록.

30분쯤 후에 은우는 집 근처 바에 앉아 맥주를 홀짝이고 있었다. 두 달 전에 이 동네로 이사 온 후에 이곳을 세 번쯤 찾았고, 그때마다 항상 혼자였다. 언제까지나 혼자일지도 모른다고, 오늘 밤에 또 한 번 평범

하게 살 수 있는 기회를 놓쳐버린 것이 분명하다고 은
우는 생각했다. 만약 소하의 집으로 함께 향할 수 있었
더라면, 자연스레 몸을 섞고 내일 아침 그녀와 같은 침
대에서 눈 뜰 수 있었다면 어땠을까. 내년 이맘때쯤 그
녀와 부부가 되어 있을 수도 있지 않았을까. 그것은 얼
마든지 일어날 수 있는 일이었지만 그에게는 불가능에
가까울 만큼 먼 일이기도 했다.

　　단지 열정적인 키스를 떠올리는 것만으로도 쫓
기는 듯한 기분이 들기 때문이었다. 하물며 벌거벗고
잠자리를 하는 일은 생각만으로도 식은땀이 날 지경이
었다. 지나간 연인들과의 관계에서 은우는 미루고 미루
다가 더 이상 물러설 수 없을 때 마지못해 잠자리를 가
졌다.

　　침대 위에서는 최소한 결정적인 잘못을 하지는
않았으면 하는 마음뿐이었다. 지나치게 빠르거나 느리
거나 당황하거나 당황한 사실을 들키지 않기를 바라는
극도의 긴장 상태 속에 쾌락은커녕 오감이 뒤섞이는 듯
한 이물감만 커질 뿐이었다. 마치 손끝으로 냄새를 맡
고 눈으로 소리를 듣는 것 같았다. 친밀감과 애정을 느
꼈던 상대 역시 그 순간만큼은 낯설게 보였다.

　　대학 새내기 때 만났던 첫 번째 여자친구는 은우에게 모진 원망의 말을 쏟아낸 후 연락을 끊었다. 망설임 끝에 받아들인 다음번 연애는 상대가 1년 넘게 혼자 마음을 키웠다며 적극적으로 대시를 해온 것을 계기로 시작되었다. 은우는 처음부터 가벼운 포옹 이상의 성적 접촉을 원치 않는다고 자신의 정체성을 밝혔는데 상대는 어째서인지 그 고백을 성 기능에 장애가 있다는 말로 치환하여 들었다. 기능 자체에는 문제가 없다는 사실을 확인한 후에는 어떠한 트라우마로 인해 벌어진 현상이리라고 추측했다.

　　"무성애자 중에서 그런 사람도 없지 않겠지만 나는 아니야. 술은 잘 마시는데 얼굴만 이렇게 벌게지는 거처럼 그냥 원래 이런 사람인 거야."

　　은우가 호소하면 입술을 앙다물고 생각에 잠기던 표정, 그러나 몇 달이 지나면 다시금 트라우마에 관한 책을 선물하고 상담 치료를 권하던 모습, 짐짓 의젓한 얼굴을 하고 자신은 은우가 편해질 때까지 기다릴 수 있다고 말하던 씩씩한 목소리가 떠오를 때면 피로해졌고 동시에 심한 불안감을 느꼈다. 그런 밤이면 같은 정체성을 가진 사람들이 모인 인터넷 카페의 게시판에 오른 글을 하염없이 읽었다. 그러나 그뿐, 오프라인 모임에 참석하기는커녕 온라인상에 글을 쓰는 일도 망설여졌다. 카페의 회원 중에 학생도 있다는 사실을 알게 된 후로 선뜻 모임의 구성원 사이에 비집고 들어가기가 꺼려진 탓이었다. 옳고 그름을 떠나서 더는 자책할 일을 만들고 싶지 않다는 마음이 무엇보다 컸다.

　문득 목덜미를 스치는 찬 바람의 기운을 느끼며 은우는 입구 쪽으로 시선을 던졌다. 한 커플이 비스듬히 연 출입문을 사이에 둔 채 옥신각신하고 있었다. 문에 기대선 남자는 들렀다 가자며 "민주 씨 자리 두 개 나죠? 그죠?" 하고 바텐더에게 알은체했다. 그러자 바텐더는 남자에게 목소리를 조금만 낮춰달라고 부탁한 뒤 은우에게 자리를 한 칸만 옆으로 옮겨줄 수 있겠느냐고 청하며 양해를 구했다.

　"저희 집 단골인 커플인데 마지막 잔은 꼭 여기서 드시고 가시거든요. 시끄럽게 드시고 그런 분들은 아니에요."

　은우 옆으로 나란히 앉은 뒤에 커플은 바텐더의 말대로 소곤거렸다. 맞은편에서 본다면 사랑을 속삭이는 것처럼 보일 만한 모습이었지만 은우의 귀에 들리는 그들의 대화는 상대를 향한 짜증과 비아냥거림으로 얼룩져 있었다. 때마침 메시지를 보내온 봉천 역시 아웃렛에서 남자친구와 다투었다고 전했다. 은우를 바람맞히면서까지 나선 길이건만 취향 차이를 도저히 좁힐 수 없었다며 난색을 표했다.

"정말 어쩌면 이렇게 안 맞을 수가 있을까."

옆자리 여자의 탄식이 유달리 또렷하게 들린 것은 실내에 흐르던 노래가 하필 그 시점에 끝나버린 탓이었다. 곧이어 다음 곡이 흘러나왔고 은우는 천장의 우측 구석에 매달려 있는 스피커에 시선을 던졌다. 스피커 아래쪽 벽에는 주의를 집중하지 않으면 보이지 않을 만한 작은 크기의 일러스트가 보였다. 하얗고 부드러운 곡선의 몸체를 지닌 무민 캐릭터였다. 두 무민은 서로를 향해 고개를 기울인 채 포동포동한 짧은 팔로 상대를 꼭 끌어안고 있었다. 이 순간 쓸쓸하지도 불행하지도 않은 존재는 오직 저 둘뿐인 것 같았다.

예의 커플이 잔을 채 비우지도 않고 자리에서 일어난 후에 바텐더는 은우에게 신경 쓰이게 한 일을 대신 사과하며 술 한 잔을 서비스로 제공하겠다고 말했다.

"취향이 어떤 편이세요? 점점 센 걸 드시는 편이

신가요? 아니면 마지막에는 산뜻한 걸로 마무리를 하시나요?"

"산뜻한 게 좋죠."

"그럼 이거 향 한번 맡아보시겠어요?"

바텐더가 선반 위에서 꺼내 온 길고 투명한 병의 입구를 은우 쪽으로 기울여주었다. 강렬한 알코올 향 사이에 파인애플의 달콤한 향이 섞여 있었다. 길고 투명한 술병의 밑바닥에 손가락 한 마디 크기로 잘린 파인애플이 보였다.

"진에 파인애플을 담가둔 거예요. 이걸로 진토닉 만들면 상큼해서 입가심하기에 딱이에요."

바텐더는 먼저 칵테일 잔 안에 길쭉한 육면체 얼음 두 덩이를 넣었다. 은우는 얼음이 달그락거리는 소리를 듣는 게 좋아서 그녀가 칵테일을 만드는 모습을 물끄러미 바라보았다. 진에 이어 토닉워터를 따르는 움직임은 차분하다 못해 조심스러웠다. 가느다란 물줄기는 얼음의 겉면을 씻어 내려가듯 잔 안에 천천히 차올랐다.

"파인애플 진토닉이에요. 드셔보세요."

은우는 잔을 들고 우선 향을 맡아보았다. 와인이 아닌 술을 마시면서 향부터 맡기는 처음이었다. 원액

자체에서 느껴졌던 농후한 느낌보다 상큼하고 시원한 과일 향이 도드라졌다. 한 모금을 마시자 청량한 파인 애플의 기운을 머금은 탄산이 입 안을 개운하게 했다. 인위적인 단맛이 나지 않는다는 점도 마음에 들었다.

"입에 맞으세요?"

"맛있는데요." 은우가 부드럽게 웃었다. "담금주라고 하면 인삼주 같은 것만 알았는데 이런 술도 있군요."

"네. 보드카에다 커피 원두 우려둔 버전도 있으니까 다음에는 그것도 한번 드셔보세요."

은우는 다시 잔을 들고 칵테일을 한 모금 삼켰다. 쾌적한 맛이 났다. 요란하고 뜨거운 충돌의 반대편에 위치한 듯한 맛이었다. 크고 단단한 얼음이 뿜어내는 냉기에 중심을 내주어야만 성립하는 맛이기도 했다. 자신이 견뎌낼 수 있는 온도와 머물 수 있는 환경에 대해 가늠해보면서 은우는 기다란 유리잔 표면에 맺힌 물방울에 손끝을 가져다 댔다.

앙코르

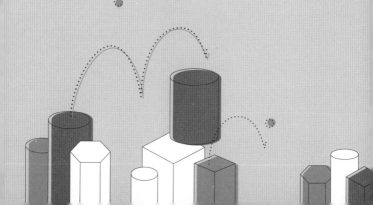

세영은 일단 그녀에게 말을 걸어보기로 마음먹었다. 이름조차 모르는 사람에게 먼저 도움을 주겠다며 나서는 것은 생전 처음 벌이는 일이었다. 심장이 두근댔다. 두서없이 입을 연 탓에 얼굴까지 화끈거렸다. 구부정한 자세로 앉아서 세영을 올려다보는 그녀의 얼굴에는 경계심과 긴장감이 어려 있었으므로, 사정을 모르는 사람의 눈에는 세영이 그녀에게 어려운 부탁이라도 하고 있는 것처럼 보일 법했다. 실상은 반대였다. 씨엠립 공항에서 그녀의 짐이 든 트렁크가 사라진 참이었다. 세영은 바로 그런 그녀의 처지를 알아보고 돕고자

했던 것이다.

난 그렇게 인색한 사람이 아니니까. 세영은 되뇌었다. "너 장사 좀 하더니 왜 그렇게 변했어? 이기적으로 말이야. 인색하게" 하고 조각조각 끊어 말하던 언니의 목소리가 다시금 떠올랐기 때문이었다. 사실 세영은 이번 연휴에 바로 언니의 그 말 한마디 때문에 캄보디아에 와 있는 것이나 다름없었다.

지난 몇 해 동안, 세영은 추석 연휴마다 부모님을 모시고 괌에 거주하는 언니네 집에 방문했다. 만약 지난해 휴가 마지막 날에 언니와 언쟁을 벌이지 않았더라면 이번 연휴에도 조카들의 조그만 손을 잡고 해변을 거닐며 시간을 보냈을 것이다. 그간 또 한 뼘씩 자랐을 조카들의 모습이 궁금했다. 하지만 예나 지금이나 의견이 다르면 대뜸 비난을 쏟아내고는 사과 한마디 할 줄 모르는 언니에 대한 지긋지긋함이 더 크게 다가왔다.

조카들이 태어난 이래 한동안 밀접하게 조정했던 가족들과의 거리를 재조정할 필요성을 느꼈으므로 세영은 일찌감치 올해 추석 연휴에 홀로 앙코르와트를 보러 갈 계획이라고 선언했다. 그러자 득달같이 연락해 온 언니의 입에서 여지없이 이기적이라는 말이 나왔다.

너 아니면 누가 부모님을 모시고 오겠느냐, 부모님 생
각은 털끝만큼도 안 하느냐고 수화기 저편에서 씩씩거
리는 목소리를 들으며 세영이 떠올린 것은 언니네가 괌
에서 자리 잡기까지 이어졌던 부모님의 금전적 지원이
었다. 언니에게 돌아간 몫의 절반을 자신이 칼같이 요
구했더라면 어떻게 됐을까. 그랬다면 언니네 가족은 물
론이고 자신의 생활수준도 지금과는 상당한 차이가 있
었을 터였다.

언니의 도발을 연료 삼아 세영은 즉시 항공권을
예약했다. 서울에서 프놈펜으로 가서 하루를 묵고 이튿
날 국내선으로 앙코르와트가 있는 씨엠립으로 이동하
는 여정이었다. 호텔과 앙코르 유적 가이드 투어 프로그
램의 예약도 일사천리로 마쳤다. 여행을 준비하며 읽어
두려고 책도 한 권 샀다. 앙코르 유적의 기원이 되는 힌
두교 신화부터 비극적인 캄보디아의 현대사를 아우르
는 책이었는데, 여행 직전까지 시간 여유가 나지 않았던
탓에 결과적으로는 머리말과 목차밖에 읽지 못했다.

추석 연휴를 앞둔 밤에 인천 공항에 도착한 뒤
에야 세영은 아주 오랜만에 홀로 여행을 떠난다는 사실

을 실감했다. 곁에는 해외에 머물 때면 매사에 겁을 내
는 엄마도, 한식이 아니면 굶다시피 해서 식사 때마다
눈치를 보게 하는 아빠도 없었다. 이번 여행 중에 챙겨
야 하는 것은 트렁크와 크로스백뿐이었다. 홀가분했다.
어찌나 홀가분한지 그녀를 태운 비행기가 프놈펜 공항
에 도착했을 때, 좌석 위편 짐칸에 올려둔 크로스백을
그대로 둔 채 밖으로 나갈 뻔했다.

　　캄보디아에 있는 동안은 누구의 눈치도 보지 않
고 느긋하게 지내기로 마음먹은 세영은 이튿날 아침에
조식도 포기한 채 늦잠을 잤다. 잠에서 깬 뒤에는 그대
로 침대에 누워서 한동안 구름을 구경했다.

　　시야의 정면에 자리한 거대한 구름은 아래쪽에
언뜻 푸른빛이 비치는 듯하지만 찬찬히 들여다보면 엷
은 먹빛으로 부풀어 있었다. 오른편에서 서서히 그쪽으
로 다가가고 있는 구름은 중심부가 뽀얗고 끄트머리는
당장이라도 대기 중에 녹아들듯이 느슨하게 풀어진 모
습이었다. 서로 다른 질감의 구름이 섞여 들어가는 모
습을 보면서 세영은 구름의 촉감을 상상했다. 스윽 손
을 뻗으면 손바닥 전체에 촉촉하고 부드럽게 감겨올 것
만 같았다. 두 손 가득 쥐고 만지작거리면서 그 형태를

바꿔놓고 싶었다.

구름의 중심부 못지않게 하얀 침대 시트 위에서 뒹굴거리던 세영이 겨우 몸을 일으킨 것은 체크아웃 시간이 임박한 시점이었다. 앙코르와트가 있는 씨엠립으로 이동하기 위해 세영은 서둘러 짐을 챙겼다. 좀 더 꾸물거렸다가는 비행기를 놓칠지도 몰랐으므로 에어컨 바람에 건조해진 두 뺨에 로션을 바를 여유조차 없었다.

하긴, 아는 사람이 있는 것도 아닌데 뭘. 세영은 턱선까지 내려오는 단발머리를 질끈 묶으며 해방감을 느꼈다. 반바지 위에는 소매가 없는 얇은 줄무늬 티셔츠를 입었다.

한 시간여 뒤에 그 티셔츠에는 손바닥만 한 얼룩이 생겼다. 짐을 부치고 허겁지겁 사 마신 커피를 쏟은 탓이었다. 세영은 짧은 비행 끝에 씨엠립 공항에 도착하여 짐을 찾은 후에야 갈아입을 옷을 꺼낼 수 있었다. 내친김에 뒤죽박죽인 캐리어 안을 어느 정도 정리한 후 자리에서 일어나자 짐이 나오는 컨베이어 벨트는 어느새 텅 비어 있었다. 다만 팔짱을 끼고 선 채로 짐이 나오는 방향을 망연히 바라보고 있는 사람이 한 명 보일 뿐이었다. 오트밀 컬러 리넨 재킷 아래 핫팬츠를 매치한 그녀는 비행기에 마지막으로 오른 사람이었다.

저 사람 한국 사람인데, 하고 세영은 생각했다. 통로 쪽 좌석에 앉았던 세영은 그녀가 급히 자리를 찾아 이동하다가 팔걸이 쪽으로 몸을 기울이고 있던 누군가의 몸을 건드리고는 반사적으로 "죄송합니다!"라고 말한 뒤 "I'm sorry"를 황급히 덧붙이는 모습을 보았던 것이다.

맨 마지막에 탔으니 일찍 나왔을 가능성이 높으련만 여태 캐리어가 나오지 않은 모양이었다. 별일이라고 생각하며 세영은 그녀에게 시선을 던졌다가 이내 화장실 쪽으로 향했다.

티셔츠를 갈아입고, 자신의 모습을 거울에 비춰 본 뒤 상의와 하의가 영 어울리지 않아서 다시 반바지를 갈아입고, 그러느라 콧잔등에 땀이 맺혀 세수까지 한 뒤 마침내 공항을 나서려 했을 때였다. 공항 한쪽 구석의 벤치에 상체를 구부정하게 수그리고 앉은 그녀의 모습이 다시금 눈에 띄었다. 세영은 몇 걸음을 걸어 나갔다가 멈추어 섰다. 그 채로 잠시 고민한 끝에 아무래도 말을 걸어보는 게 좋겠다는 결론을 내렸다. 곤경에 처한 듯 보이는데도 모르는 척 지나칠 만큼, 자신이 그

렇게 인색한 사람은 아니니까. 괜스레 긴장되는 마음을
억누르며 세영은 그녀를 향해 다가갔다.

"저기요, 한국분이시죠."

"네? 네. 그런데요."

천천히 고개를 들어 세영을 올려다본 그녀가 대
답했다. 세영은 방금 전에 세수를 한 탓에 턱선을 따라
흐르는 물방울을 손등으로 훔쳤다. 그러면서 우선 자신
이 이상한 사람이 아니라고 밝혔다. 그녀가 한국 사람
이라는 것을 알게 된 것은 비행기 안에서 우연히 죄송
합니다, 라고 말하는 것을 들었기 때문이라는 말도 전
했다. 그리하여 빤히 같은 나라 사람에 같은 비행기를
타고 온 줄 아는 와중에 뭔가 짐에 문제가 있는 것 같아
보이는데도 못 본 척하고 지나가기에는 영 마음이 편치
않았다고 주절주절 말했다.

"그러셨구나. 저기, 앉아서 말씀하세요. 혼자만
계속 서 계셔서."

"짐이 어떻게 됐대요?" 세영이 그녀의 권유대로
옆자리에 앉으며 물었다. "누가 바꿔가지고 갔대요?"

"그게 아니라, 아마 초반에 나왔는데 다른 사람
이 집어 간 것 같대요."

남의 사정을 이야기하듯 감정이 실리지 않은 듯
한 그녀의 어투에 외려 세영이 더 놀랐다. 세영은 언젠
가 마드리드 공항에서 트렁크를 통째로 도둑맞았다며
어쩔 줄 몰라 하는 중년의 관광객을 목격한 적이 있었
다. 그러나 이곳 씨엠립에서 그와 유사한 사고가 벌어
지리라고는 상상도 하지 못했다. 공항 관계자들이 뭐라
고 하던지, 앞으로는 어찌할 건지 묻고 싶은 게 많았다.
그에 앞서 세영은 일단 그녀의 이름을 물었다.

"아, 저는 윤가람이라고 합니다."

세영은 고개를 꾸벅 숙이는 가람을 바라보며 자
신은 그렇게 이기적인 사람이 아니라는 사실을 다시금
되새겼다. "가람 씨, 저는 박세영이라고 해요. 저도 여
기 처음 오는 거라 잘 알지는 못하지만, 도시 자체가 그
렇게 크지는 않은 것 같으니까 어떻게든 되지 않겠어
요? 일정이 언제까지예요? 아무튼 일단 제가 좀 도와드
릴게요."

세영은 어쩐지 악수라도 해야 할 것 같은 기분
에 오른손을 내밀었지만 겸연쩍은 생각이 들어서 얼른
손을 물렸다. 바로 그 시점에 가람이 한 박자 뒤늦게 왼
손을 뻗어왔다. 간발의 엇갈림으로 인해 두 사람은 동

시에 웃음을 터뜨렸다.

가람의 수중에 남은 것은 그녀가 재킷 안주머니
에 꽂아두었던 여권 케이스와 볼펜 한 자루, 그리고 손
에 들고 있던 휴대전화뿐이었다. 여권 케이스에는 여권
과 한국 돈 만천 원이 들어 있었지만, 지갑마저 캐리어
안에 있었다. 가람은 다행히 여행을 떠나오기 전에 지
갑 안에 신용카드를 한 장만 남기고 집에 두고 온 터라
분실신고는 간단히 마쳤다고 말했다. 그 외의 귀중품은
없었느냐는 세영의 질문에는 글쎄요, 하며 잠시 생각을
더듬더니 "딱히 귀중품이라고 할 만한 건 없는 것 같네
요" 하고 대답했다.

마냥 덤덤해 보이는 가람을 신기해하며 세영은
호텔 안으로 걸음을 옮겼다. 추가 요금을 지불하기로
하고 객실을 트윈룸으로 변경한 뒤에 호텔방 안으로 들
어가자 세영은 한시름 놓았다는 생각에 어쩐지 기운이
쑥 빠졌다.

"침대는 어느 쪽이 편하시겠어요?"

가람이 깍듯한 어투로 물었다. 창에 가까운 쪽
과 욕실에 가까운 쪽. 두 가지 선택지 중에서라면 말할

것도 없이 창 쪽을 선호했지만 자신이 돈을 지불한다고
해서 당연한 듯이 창가를 선점하는 것은 민망한 일이라
고 세영은 생각했다. 그 때문에 두 사람은 서로 더 편한
쪽을 쓰라고 권하다가 결국 가람이 창 쪽을, 세영이 욕
실에 가까운 쪽 침대를 이용하기로 합의했다. 딱 그것
만 정한 채 곧장 이른 저녁을 먹으러 나가기로 했다. 세
영의 배 속에서 커다랗게 꼬르륵거리는 소리가 났기 때
문이었다.

"별로 배도 안 고픈데 이상하네요."

가람의 시선을 피하며 세영이 말했다. 그것은
진심이었다. 긴장 때문인지 배가 고프다는 생각은 조금
도 들지 않았던 것이다. 겸연쩍어할 것 없다는 듯 가람
이 생긋 웃자 눈꺼풀을 따라 얇은 주름이 생겼다. 부드
럽게 융기된 두 뺨 위에 어른거리는 빛은 다정한 온기
를 발산하고 있었다. 미소를 지으니까 차분해 보이던
인상이 달라져 보인다고 세영은 생각했다.

무슨 일을 하는 사람일까. 세영은 문득 가람의
직업이 궁금해졌고, 남달리 근사한 미소가 요긴하게 쓰
이는 직업임이 틀림없다고 생각했다. 그러면서도 그게
구체적으로 어떤 일인지는 좀처럼 가늠할 수 없었다.

"저는 주로 반죽 만지는 일을 해요."

캐묻는 것 같은 느낌을 주고 싶지 않아서 세영은 식사 중에 먼저 자신의 직업을 밝혔다. 바게트와 캄파뉴, 치아바타 등 식사 빵을 주력 메뉴로 둔 조그마한 베이커리가 세영의 일터였다.

"이달 초에 개업한 지 3주년이 됐어요. 그러고 보니까 시간 참 빠르네요."

"어머, 저 빵 엄청 좋아하는데."

가람이 말했다. 말끝에서 번져나간 미소는 어쩐지 살짝 수줍은 듯한 기색을 품고 있었다. 그녀는 아이스티가 담긴 잔을 들어 입술을 축인 뒤에 세영의 어투를 따라 "저는 주로 돈을 만지는 일이었어요" 하고 말했다. 첫 직장인 은행에서 근무하다 얼마 전에 퇴사했다고 밝힌 뒤 입사 시기 또한 이야기해주었으므로 세영은 가람의 나이가 스물여덟이라는 사실을 알 수 있었다. 자신보다 다섯 살 아래였다. 젖살이 빠지지 않은 듯한 얼굴선 때문에 실제 나이보다 더 앳돼 보인다고 세영은 생각했다.

"퇴사 기념 여행에서 이런 사고가 생겨서 어떡해요."

　　세영이 말했다. 어째서 그만두었는지도 궁금했지만 어쨌거나 초면이라는 점이 마음에 걸려서 세영은 다만 그녀의 앞접시에 아목을 덜어주었다.

　　캄보디아의 대표 음식 중 하나라는 아목은 두 사람 모두의 입맛에 잘 맞았다. 노릇한 색감이나 밥에 끼얹어 먹는 형태가 커리와 비슷한 인상을 주었는데, 코코넛밀크의 감칠맛이 풍부하게 느껴지는 반면 향신료의 향은 그다지 세지 않았다. 가람도 세영의 의견에 동의하며 주문한 음식 전반에 만족을 표했다. 다만 세영이 음료 속의 얼음까지 입에 넣으려 하자 황급히 제지했다.

　　"여기서는 다른 건 괜찮은데 물이랑 얼음은 특히 조심해야 된다고 하던데요."

　　"물갈이 때문에요? 캄보디아도 심한가 보네요. 혹시 전에 캄보디아에 와본 적 있으세요?"

　　가람은 가볍게 고개를 젓더니 자신도 전해 들은 말이라고 했다. 누군가 신신당부를 하며 몇 번이나 다짐을 받더라고 말이다.

　　"누가요? 혹시 원래는 이번 여행에 같이 오려고 했던 사람이요?"

"네……. 뭐, 그랬죠."

가람의 대답은 그것으로 끝이었다. 분위기를 만회하기 위해 세영이 필사적으로 다른 화제를 찾고 있던 와중에 가람이 고개를 들었다. 어느새 그녀의 얼굴에 비쳤던 쓸쓸한 표정은 사라져 있었다. 마치 조금 전의 대화는 애당초 없었다는 듯이 가람은 미소를 머금은 얼굴로 세영의 앞접시에 음식을 덜어주었다. 세영은 이미 배가 부른 상태였지만 잠자코 접시 위의 음식을 비웠다.

그날 밤, 세영은 쉬이 잠들지 못했다.

숙소로 돌아왔을 때만 하더라도 세영은 자신이 잠자리에서 몇 시간이나 뒤척일 줄은 예상치 못했다. 국제선과 국내선을 번갈아 타며 이틀 연속 장소를 옮겨 다닌 데다 식곤증까지 겹쳐서 당장이라도 잠이 쏟아질 것만 같았던 것이다. 가람 또한 피로에 두 눈이 붉게 충혈돼 있었다. 그리하여 내일의 앙코르 유적 탐방에 만전을 다하자며 두 사람 모두 잠자리에 든 게 밤 10시쯤이었다.

처음에는 가람도 쉽게 잠을 이루지 못하는지 자

기 침대 위에서 이리저리 자세를 바꿔 누웠다. 그럴 때마다 빳빳한 호텔 침구가 바스락거리는 소리가 났지만 5분쯤 지나자 잠잠해졌고 가람은 이따금씩 심호흡을 하듯 한 번에 몰아서 숨을 내쉬었다. 그럴 때마다 마치 한숨을 쉬는 것 같은 소리가 났다.

비록 한 침대를 쓰는 것은 아니라 하더라도 타인과 한방에서 잠을 청하는 것은 세영에게 있어서 꽤 오랜만의 일이었다. 얼마나 오랜만인가 하면 잠시 기억을 더듬어보아도 마지막이 언제였는지 정확히 특정할 수 없는 정도였다. 원룸에 혼자 살고 있는 데다 지난 몇 해 동안 1년에 한 번 부모님을 모시고 언니네 집에 방문하는 것 외에는 여행을 갈 짬이 나지 않았기 때문이었다.

호텔 베이커리를 거쳐 번화가의 인기 베이커리 카페에서 일하는 동안에도 세영은 늘 시간 여유가 없었다. 하지만 본격적으로 바빠진 것은 독립하여 자신의 매장을 열고 난 후라고 할 수 있었다. 세영은 매일 새벽 4시 반에 일어나 빵에 관한 생각만 하며 살았다. 사정을 모르는 언니는 "한 주마다 꼬박꼬박 이틀씩 쉬면서 갖은 유난을 다 떤다"라고 말했지만 이틀의 휴일에도 하루는 공부 삼아 다른 베이커리를 돌아보는 데 투자했다. 다른 하루는 각종 서류 업무를 본 뒤에 매장에 나가서 이튿날 쓸 반죽을 만들며 보냈다. 단골을 만들고 자리를 잡기 위해 필사적이었다. 유달리 잠이 오지 않는 밤이면 불쑥 외로움을 느끼기도 했지만 도무지 새로운 만남을 도모해볼 만한 여유가 나지 않았다.

하물며 오늘 처음 만난 낯선 사람과 한방에 누워 있다니. 새삼 심장이 두근거렸다. 그때 후우, 하며 다시금 가람이 깊은숨을 내뱉었다. 그러자 세영의 얼굴에는 슬그머니 미소가 지어졌다. 가람이 신기해서였다. 누군가와 함께 오기로 계획했던 여행 계획이 틀어지고 짐까지 통째로 잃어버렸건만, 어쩌면 저렇게 아무 걱정도 없는 사람처럼 쿨쿨 잘 수 있을까. 아마 자기 같으면 그러지 못했을 터였다. 그리고 다음 순간, 세영은 한 가지 사실을 깨달았다. 가람이 지금 숙면을 취할 수 있는 것은 필시 그녀가 자신을 믿고 있기 때문이라는 것이었다. 그렇지 않으면 쉽사리 깊은 잠에 빠지는 것은 불가능하지 않았을까.

저 사람은 나를 믿고 있구나, 하고 되뇌며 세영은 가람을 따라서 천천히 숨을 내쉬어보았다. 들숨보다

날숨이 길어지도록 호흡을 가다듬으며 잠들기 위해 애썼다. 그러다 돌연 세영은 상체를 일으키고 휴대전화를 들었다. 앙코르 유적 가이드 투어 예약에 가람의 몫을 추가하는 것을 새까맣게 잊고 있었기 때문이었다.

이미 자정에 가까운 시간이었으나 선택의 여지가 없었으므로, 세영은 메신저로 가이드에게 이틀간의 투어에 한 사람을 추가할 수 있겠냐는 연락을 넣었다. 그러자 가이드는 실시간 채팅에 맞먹는 속도로 메시지를 확인한 뒤 곧장 추가되는 금액에 대한 안내를 보내왔다. 신속한 답신에 고마움을 느낌과 동시에 이 사람도 여기에서 자리 잡으려고 필사적인 모양이다 싶어서 세영의 입에서는 절로 한숨이 나왔다.

한동안 앙코르 유적에 관한 블로그 글을 두서없이 훑어보던 세영은 이내 휴대전화를 내려놓고 바르게 누워 잠을 청했다. 자정을 넘기자 가람의 숨소리가 더욱 깊어진 것만 같았다. 이러다가 정말 밤을 새울 것만 같다고, 내일을 위해 이제는 정말 자야 한다고 마음을 다잡을수록 가람의 숨소리가 더 가까이 들리는 듯했다. 후우, 푸, 하고 이어지던 숨소리는 어느새 툭툭 떨어지는 물방울 소리로 바뀌었다. 비라도 오는 것일까, 하고 걱정하며 세영이 몸을 반대편으로 틀었을 때 빗소리는 다시 거센 바람 소리로 바뀌어 있었다. 날씨가 이렇게 궂어서야. 만약 날씨 때문에 앙코르 유적지에 가지 못한다고 하면 가람의 얼굴이 실망으로 어두워질 터였다. 출발하기 전까지는 반드시 날씨가 개어 있어야만 했다. 최소한 출발하기 전에는, 하던 세영은 그 순간 화들짝 놀라며 눈을 떴다. 8시에 출발해야 하는데, 지금 몇 시지?

급히 휴대전화 액정의 시각을 확인한 후에 세영은 안도의 한숨을 내쉬었다. 아직 집합 시간까지는 한 시간의 여유가 있었다. 그뿐만 아니라 대지를 휘몰아치던 바람 소리가 가람이 드라이어로 젖은 머리를 말리는 소리였다는 사실 또한 그 순간에 알게 되었다.

"혹시 저 때문에 깨셨어요?"

하얀 가운을 두르고 욕실에서 나온 가람이 아직 완전히 마르지 않은 머리칼을 한쪽으로 쓸어 넘기며 물었다. 세영은 네 시간쯤 잠들어 있었지만 밤새 뒤척이기만 한 듯 정신이 멍한 상태로 가만히 고개를 저었다. 그러고는 굳이 거짓말할 필요는 없다고 생각하면서도 아주 잘 잤으며 개운하게 일어났다고 말했다.

세영과 가람은 조식을 건너뛰고 호텔 건너편 대로의 상점으로 향했다. 두 사람 모두 짧은 바지를 입고 있었으므로 유적지의 복장 제한에 맞추려면 무릎을 덮는 길이의 일명 '코끼리 바지'가 필요했기 때문이었다. 사실 세영은 길 건너편에서 가게를 얼핏 보았을 때만 하더라도 코끼리 바지에 그다지 마음이 가지 않았다. 짙은 색감과 화려한 무늬는 산악회 멤버인 아빠가 잔뜩 가지고 있는 원색의 손수건과 닮아 보였던 것이다. 그러나 막상 옷 가게에 들어서자 불만이 사그라들었다. 이보다 더 시원할 수 없을 것만 같은 소재 때문이었다. 발목까지 내려오는 것, 바지 옆선에 길게 트임이 나 있는 것, 7부 길이의 것 등 다양한 종류의 바지는 하나같이 홑겹 손수건보다도 얇은 천으로 되어 있었다.

"기왕 입는 거 진짜 코끼리가 그려진 걸로 하려고요. 어때요?"

짙은 주황색 바지를 골라 든 세영의 질문에 가람은 잘 어울린다고 대답했다. 미소 띤 얼굴이었지만 그것은 입술만 움직이는 반쪽짜리 미소였다.

"솔직히 말해봐요, 좀 애매하다고 생각하죠?"

"네." 가람이 이번에는 얼굴 전체를 움직여 활짝

웃더니 물빛 바탕에 군데군데 짙은 파랑이 섞인 바지 하나를 세영 앞에 내밀었다. "이건 어떠세요?"

세영이 대답하기에 앞서 매장의 점원이 고개를 끄덕이며 반색했다. 세영의 입에서도 감탄사가 나왔다. 자신이 가장 좋아하는 색상으로 구성된 바지였기 때문이었다. 마치 원래부터 가람이 자신의 취향을 잘 알고 있는 것만 같았다.

세영이 선택을 마치자 가람은 자기 몫으로 고른 발목까지 내려오는 치마를 하체에 대고서 세영의 감상을 물었다. 하얀 바탕에 금색과 갈색 실이 섞여 기하학적인 무늬를 이루고 있는 치마는 가람이 걸치고 있는 리넨 재킷과 잘 어울렸다. 다만 실외를 30초 이상 걸으면 덥다는 감각을 넘어서서 소독 처리가 되는 것만 같은 강렬한 직사광선 아래 관광을 나서는 길이라는 게 문제였다. 세영은 가람이 입고 있는 리넨 재킷의 소매 끄트머리를 살짝 만져보았다.

"더울 텐데 이거까지 입고 가도 괜찮겠어요?"

"어깨랑 팔이 콤플렉스거든요." 가람이 못 본 척 해달라는 듯 오른손을 휘휘 저었다. "저 고등학교 때 별명이 수주였어요. 수영부 주장을 줄여서요."

"수영하셨어요? 팀 주장까지 하시고?"

"아이, 그 말을 그렇게 바로 믿는 사람이 어딨어요!" 가람이 웃음을 터뜨렸다. "덩치가 수영부 주장 같다고 놀린 거죠. 저는 살이 다 어깨랑 팔로 가거든요."

세영이 전혀 그래 보이지 않는다고 말하려는 찰나, 가람은 점원에게 자기가 고른 치마의 가격을 물었고 두 벌을 함께 사는 만큼 할인해달라고 교섭까지 하더니 재킷 안주머니에서 펜과 메모지를 꺼내 자신의 옷값인 7달러를 적었다.

"한국 가면 바로 부쳐드릴게요."

가람이 말했다. 그것은 지극히 당연한 얘기였지만, 세영은 자기도 모르게 조금 전에 가람이 그랬듯이 손을 휘휘 젓게 되었다. 그리고 이런 사소한 지출은 그냥 선물인 셈 치겠다고 말했다. 그러자 가람은 펄쩍 뛰었는데 두 눈을 동그랗게 뜬 그녀의 모습이 어쩐지 체구가 작은 동물을 떠올리게 하는 터라 세영은 싱긋 웃고 말았다.

앙코르 유적 투어를 위해 승합차에 탑승한 관광객은 모두 네 팀이었다. 고등학생 자녀와 함께 온 사십

대 부부가 맨 뒷좌석에 앉고, 그 옆에는 DSLR을 목에
걸친 세영 또래의 남자가 자리했다. 그 앞쪽 좌석에는
일흔을 넘긴 듯한 노부부가, 문 쪽으로는 세영과 가람
이 자리를 잡았다.

"아니, 그렇게 입으면 안 더워요?"

운전석을 등지고 노부부 맞은편에 앉은 가이드
가 가람에게 물었다. 그는 거즈 면 소재 셔츠의 소매를
팔목까지 접어 입고 있었다. 왼편에 앉은 현지인 가이
드보다 몸집이 1.5배쯤 되어 보이는 건장한 체구였는
데 목소리는 무척이나 허스키했다.

"덥죠."

가람의 건조한 대답에 가이드가 허무하다는 듯
너털웃음을 짓더니 모두를 향해 우렁찬 목소리로 처음
뵙겠다고 인사했다. 그리고 A4 용지에 프린트된 두 장
의 지도를 일행별로 나누어 주었다. 하나는 앙코르 유
적지, 다른 하나는 식당과 상점 정보가 포함된 씨엠립
시내의 지도였다. 그는 캄보디아에 온 지 7년 차가 되었
다고 말을 잇더니 자기 옆에 앉은 현지인 가이드의 이
름은 썸낭, 운전을 하고 있는 이는 뻐라고 소개했다.
두 사람 모두 한국어로 기본 의사소통이 되므로 궁금한

게 있으면 간단히 물어봐도 된다고 그는 덧붙였다. 또한 그는 자신의 목소리가 썩 듣기 좋은 상태가 아니라는 점에 대해 먼저 사과드린다고 말했다.

"한국 속담에 여름 감기는 개도 안 걸린다고 흔히 그렇게 얘기를 하잖아요. 그래서 저도 지난주에 몸이 으슬으슬하는데도 에이 아니겠지 하다가 걸려버린 겁니다. 그래도 여기 오시는 여러분은 일생 한 번 앙코르와트를 보러 오시는 분들이 대부분인데 임전무퇴의 정신으로 임하자 해서 예약받은 일정 그대로 안 쉬고 모시고 있다고 보시면 돼요. 아, 박수까지는 안 치셔도 되고요."

박수를 치는 사람은 아무도 없었지만 가이드는 그렇게 너스레를 떨더니 중요한 공지 사항이 있다고 말했다. 그중 하나는 아이스박스에 물과 음료수가 넉넉히 들었으므로 열사병을 방지하기 위해 중간중간에 마셔달라는 것이었다. 다른 하나는, 까지 말하고 그는 자세를 바로잡으며 등허리를 쭉 펴더니 말을 이었다.

여러분 중에 아마 관광객들에게 달라붙어서 '원달라'를 외치는 현지 꼬마들에 대한 이야기를 들은 분이 있을 줄로 안다며 가이드는 이야기했다. 그는 그 아이들에게 달러는 물론이거니와 단 1리엘도 건네서는 안 된다고 강조했다. 그것은 결코 그 아이들을 위한 게 아니라는 것이었다. 여러분에게는 잔돈에 가까운 그런 돈이 모이면 실제로 그 애들의 부모가 한 달간 일해서 버는 급여를 상회하며, 그렇다 보니 자기는 일을 하지 않고 자녀를 관광객에게 구걸하라고 등 떠밀고는 그늘에 앉아서 감시하는 부모가 계속 생긴다는 것이 그의 설명이었다.

"아이고, 애기들한테 어쩜 그런대." 마주 앉은 노부인의 탄식에 가이드는 고개를 절레절레 젓더니 "여기 애들은 이게 없는 애들이 많아서 그래요" 하며 오른손 검지로 자기의 관자놀이를 톡톡 건드렸다.

수면 부족으로 무념무상 상태에서 가이드의 말을 흘려듣고 있던 세영은 그 순간 깜짝 놀라 가이드 옆자리에 있는 현지인, 썸낭의 얼굴을 살폈다. 썸낭은 창밖에 시선을 두고 있었다. 옆얼굴만 보았을 때 표정의 변화는 없는 듯했다. 슬퍼 보이지도 분을 삭이는 것 같지도 않았는데, 아마 가이드가 면전에서 그런 말을 하는 것이 처음이 아닌지도 몰랐다. 그 와중에도 가이드는 다시금 아이들에게 결코 무엇도 주지 말라고 거듭 강조했다. 마음이 아프더라도 그냥 웃어주고 머리를 쓰다듬어주라고, 그게 그 아이들을 위한 길이라고 노부부와 눈을 맞추며 다짐을 받듯이 말했다.

승합차에서 내려 투어가 시작되자마자 가이드는 역사에서 사라진 채 밀림 속에 수세기 동안 방치되었다가 재발견된 앙코르 유적의 신비에 대해 이야기하기 시작했다. 허스키한 목소리에 종종 잔기침이 섞여들었지만 힌두 신화와 캄보디아의 역사를 넘나드는 그의 설명은 끊이지 않고 이어졌다.

점점 머리가 멍해졌으므로 세영은 손부채질을 하며 일행의 끄트머리에 섰다. 그런 세영의 발걸음을 멈춰 세운 것은 따프롬 사원을 움켜쥐고 있는 듯 보이는 거대한 나무의 모습이었다.

겹겹이 이끼가 슬어 있는 사원의 돌벽, 그 틈에 파고들어 뿌리를 내린 씨앗은 기나긴 세월 동안 끝없이 자라났다. 그리하여 처음부터 사원과 한 몸인 듯 돌벽에 똬리를 틀고 뻗어나간 모습이 되었다.

가이드는 현지인들이 스펑나무라고 부른다는 그 나무의 속이 텅 비어 있다고 일렀다. 매미 유충의 껍질을 연상시키는 건조한 색체로 수십 미터씩 뻗어 있는 뿌리의 가닥가닥에 어린 압도적인 생명력. 그 모습을 보며 세영이 느낀 감정은 자연에 대한 경외감이라는 한마디로 정의 내릴 수 있는 것이 아니었다. 거기에는 마지막까지 상대의 모든 것을 빨아들여서 제 것으로 삼으려 하는 악착스러움과 탐욕이 배어 있는 것만 같았다.

하지만 따프롬 사원을 휘감고 있는 스펑나무를 여러 곳에서 거듭하여 관찰하자 어쩐지 저항감이 들었던 첫인상은 서서히 누그러들었다. 스펑나무가 무너져가는 돌벽을 전력을 다해 움켜쥐고 지탱하고 있는지도 모르겠다는 생각이 든 것이었다. 아마도 오늘 보는 것 중에 이보다 더 마음을 동요케 하는 광경은 없으리라는 예감도 들었다. 그러나 세영의 예감이 빗나가기까지는 긴 시간이 필요치 않았다.

그때 세영은 가이드의 설명을 듣는 둥 마는 둥 하고 있었다. 방이라기보다는 성벽의 입구를 사면으로 이어 붙여 만든 것처럼 보이는 그 공간의 이름이 '통곡의 방'이라는 것은 들었다. 하지만 어머니의 죽음을 슬퍼하며 그곳을 만들었다는 왕의 이름은 제대로 듣지 못했다. 땀에 젖은 티셔츠가 자꾸 등허리에 달라붙었다.

세영은 그곳이 고대의 어느 왕이 자신의 어머니를 기리며 기도를 드리는 사당 같은 곳이었으려니 추측하고 자리를 떠나려 했다. 하지만 그때 같은 투어 팀 중에서 카메라를 든 남자가 세영에게 그냥 가지 말고 썸낭을 보라고 말했다.

썸낭은 두 손을 모아 손뼉을 쳤다. 어째서 연기를 피워 올리는 향을 앞에 두고 손뼉을 치는 것일까 하는 생각이 든 순간, 그가 이번에는 주먹 쥔 오른손으로 왼쪽 가슴을 가볍게 두드렸다. 그러자 그들을 둘러싸고 있던 돌벽 전체가 울렸다.

세영 역시 그를 따라 손뼉을 쳐보았다. 조금도 울리지 않았다. 카메라를 든 남자가 "신기하죠?" 하는 말도 "아, 아!" 하고 외치는 소리도 울리지 않았지만 그가 가슴을 치는 소리에는 다시금 돌벽 전체가 공명하는 것이었다. 거대한 악기를 퉁기는 듯한 깊은 울림이었다. 세영도 오른손으로 주먹을 쥐고 가슴을 두드려보았다. 처음에는 살짝, 좀 더 세게. 거기에서 한 번 더. 그때마다 좁고 높게 싸여 있는 돌벽을 진동의 입자들이 훑고 지나갔다. 놀라움에 입을 다물지 못하는 세영을 향해 썸낭이 연거푸 고개를 끄덕여 보였다.

카메라를 든 남자가 통곡의 방을 빠져나가도록 가람이 들어오지 않아서 세영은 통곡의 방 밖으로 나가 보았다. 입구 앞에 걸터앉아 있는 가람을 본 세영은 "여 기 좀 들어와보세요. 정말 신기한……" 하고 부리나케 이 야기하다가 그대로 굳었다. 가람의 얼굴이 눈물에 젖어 있었다. 세영은 먼저 티슈를 건넸고, 무슨 일이 있느냐고, 혹은 여기 오기 전에 무슨 일이 있었느냐고 물었다.

가람은 그 와중에도 티슈를 준 세영에게 감사를 표하고자 가볍게 고개를 숙인 뒤에 눈물을 닦았다. 그 리고 자리에서 일어나 희미하게 미소 띤 얼굴로 천천히 고개를 저었다. "아뇨, 아무 일 없어요." 딸꾹질하듯 어 깨를 들썩인 뒤에 가람은 다시 한번 힘주어 말했다. "정 말이에요. 그냥 잠깐 지난 일이 떠올라서요. 이제 정말 괜찮아요."

그 말이 다짐이자 약속인 것처럼 가람이 씩씩하 게 걸음을 내디뎠다. 그때 때마침 무리에서 뒤처져 있 는 두 사람을 향해 "빨리빨리 오세요!" 하고 외치는 가 이드의 새된 음성이 들려왔다. 그러자 썸낭이 콧노래를 흥얼거리는 듯한 어투로 "빨리빨리" 하고 흉내 내며 길 을 안내했다.

"보스 때문에 스트레스 많이 받으시죠?"

가람이 그렇게 묻자 썸낭은 웃음기 어린 표정으로 고개를 몇 번이나 끄덕이더니 "빨리빨리, 자, 여러분, 여기, 사진, 빨리빨리!" 하며 다시금 가이드의 말버릇을 흉내 냈다.

가람은 언제 울었냐는 듯 금세 썸낭과 농담을 주고받았지만, 세영은 여전히 가람이 눈물을 흘린 이유가 신경 쓰였다. 아마도 가람은 원래 이번 여행에 함께 오기로 한 사람을 떠올리며 울었던 게 아닐까. 가람의 신상에 관해서 아는 바가 거의 없었으므로 단지 추측에 불과한 것이었으나 그런 생각이 들자 세영은 어쩐지 발끝이 무겁게 느껴졌다.

그날의 투어를 마치고 승합차 안으로 돌아가는 길에, 수면 부족과 더위와 어쩐지 석연치 않은 기분이 뒤섞여 천천히 걸음을 옮기는 세영 곁에는 어느새 세 명의 소녀가 줄지어 따라오고 있었다.

아이들은 모두 반바지를 입고 있었고 하나같이 맨발이었다. 입에서는 '원 달라'라는 말보다 '언니'라는 말이 더 자주 나왔다. 세 명 중 가장 키가 큰 아이가 세영이 입은 얇은 물빛 바지 무릎께에 조그만 손을 올리고 "언니, 언니" 하고 말했다. 어투에서도, 눈빛에서도 집요함은 읽히지 않았다. 그저 으레 해왔던 일을 거듭하는 이의 관성이 엿보이는 모습이었다. 맨발의 소녀들이 어떤 불쾌감도 주지 않았으므로 세영은 승합차에 다다를 때까지 그 아이들을 도저히 떨쳐낼 수가 없었다. 결국 세영이 품 안에서 지갑을 꺼내 들었을 때였다. 승합차 앞에서 기다리고 있던 가이드가 큼지막한 손으로 지갑을 든 세영의 손을 움켜쥐며 제지시켰다. 그는 "그게 돕는 게 아니래도 못 참으시네. 자, 빨리 타세요" 하며 세영을 차 쪽으로 당겨 아이들과 떨어뜨려놓았다. 세영은 속으로 뭘 이렇게까지 하나 하면서도 넘어지지 않도록 몸의 중심을 잡느라 "저기, 저기요" 하는 말밖에 하지 못했다. 가이드의 손을 쳐내듯 밀어내고 불만을 표한 것은 가람이었다.

"가이드님 의도는 알겠는데, 갑자기 그러시면 사람이 놀라겠죠?"

"아니, 지갑을 꺼내시길래. 쟤들 부모가 저렇게 애기들을 앵벌이 시켜서는……."

"네. 알아들었구요. 그래서 지갑 도로 넣으셨잖

아요."

　　차갑게 선을 긋는 가람의 말에 가이드도 포기한 듯 고개를 끄덕이고 차에 탔다. 맨발의 소녀들은 그러는 와중에도 차 안쪽을 향해 "안녕히 가세요" 하고 고개까지 숙이며 인사했다. 차 문이 닫혔고 세영 옆에 앉은 노부인이 "아이고 쟤들을 어째, 딱해서 어째" 하며 혀를 찼다. 세영은 터덜터덜 걷는 소녀들의 뒷모습이 멀어질 때까지 그 아이들에게서 시선을 거둘 수 없었다.

　　가람은 세영의 두 볼이 발그스름해졌다고 말하며 웃었다. 간신히 허기만 달랜 속에 와인을 몇 잔이나 마셨으므로 취기가 오른 상태이기는 했지만, 가람이야말로 양 볼이 눈 바로 아래까지 붉게 달아올라 있었으므로 세영도 웃음이 났다. 세영이 그렇게 말하자 가람은 "정말요?" 하고 뛰듯이 침대 아래로 내려가더니 거울 앞에 섰다.

　　"진짜네요. 빨리빨리 안 마시고 천천히 마셨는데!"

　　가람은 키득거리며 감자칩 한 봉지를 더 집어서 침대 위로 돌아오더니 그대로 몸을 기울여 누웠다. 침대 헤드에 기대앉아 있던 세영은 매트리스의 반동을 느끼며 가람이 내민 봉지를 받아 들었다. 침대 위에는 이미 여러 개의 과자 봉지가 나뒹굴고 있었다. 세영은 이따금씩 과자를 집어 먹으며 침대 옆으로 당겨둔 티테이블 위의 와인잔으로 손을 뻗었다. 가람은 와인을 반잔쯤 마시고 나서부터 별것 아닌 것에도 소리 내 웃으며 침대 위를 이리저리 뒹굴거렸다.

그 웃음소리를 들을 때마다 세영은 이번 여행에 가람과 함께인 것이 얼마나 다행인가 하고 생각했다. 사실 세영은 저녁 식사 때만 하더라도 기분이 처졌다. 거세게 손목을 잡아끌던 가이드에게 제대로 항의하지 못한 자신의 모습이 자꾸 떠올랐기 때문이었다. "안녕히 가세요" 하고 고개 숙여 인사하던 소녀들의 얼굴이 오버랩되었으며, 가이드가 현지인 앞에서 머리를 가리키며 "얘들은 이게 없어서"라고 모욕하던 순간에 최소한 한마디 항의는 했어야 한다는 자책감까지 마음을 찔렀다. 그로 인해 저녁을 먹는 둥 마는 둥 하던 세영에게 "우리 술이라도 한잔할까요. 마트 있던데 거기 들렀다 가요" 하고 가람이 먼저 말해준 것이었다.

"난 가람 씨가 술 잘 마시는 줄 알았어요."

　가람은 헤벌쭉 웃더니 엎드린 채로 세영에게 기어왔다. "전요, 원래는 술 한 방울도 못 마셨어요. 이것도 전에 비하면 주량이 늘어난 거예요. 회식 때 소주 한 잔도 못 받으면 하도 눈치가 보여서요."

　"첫 직장 회식이 얼마나 힘들었을까."

　세영은 가만히 가람의 어깨를 도닥였다. 가람은 몽롱한 눈길로 세영을 바라보더니 잠시 뒤에 고개를 저었다. "그래도 진상에 비하면 회식은 할 만했어요."

　진상 고객이라면 주택가 골목에서 영업장을 꾸리는 세영도 어지간히 만나보았다. 매장을 낸 첫해에는 눈물 쏟은 일도 많았다. 이제는 어느 정도 내공이 붙어서 아무 때나 눈물이 나지는 않는다. 진상 손님을 치르고 난 뒤에도 몇 시간이나 마음이 수습되지 않아서 심호흡해야 하는 일도 많이 줄어들었다. 그럼에도 상황을 기민하게 정리하는 법은 아직 터득하지 못했다. 그러기는커녕 오늘처럼 영업장이 아닌 사적인 공간에서 불쾌한 상황을 맞이했을 때의 대응은 전보다 더 어리숙해졌다. 참고 넘어가야 하는지 아니면 절대 참아서는 안 되는 일인지 순간적으로 판단이 서지 않아 제대로 반박할 기회를 놓치는 경우가 많아졌기 때문이었다.

"조금씩 머리가 나빠지는 건가, 그런 생각도 들어요. 판단이 바로바로 안 되니까."

"말도 안 돼요." 가람은 반대편으로 기어가서 과자 봉지 하나를 집더니 세영 옆으로 와서 앉았다. "저한테 바로 말 걸어주셨잖아요. 언니 못 만났으면, 저 국제미아 됐어요."

가람은 이번에도 과자 봉지를 쿠션처럼 끌어안더니 만약 자기였으면 그 순간에 세영처럼 곧장 도움의 손길을 내밀지 못했을 것 같다고 말했다. 불특정 다수의 타인에게 겁을 먹게 되었기 때문이라는 것이었다. 은행에서 일하는 동안 지극히 평범해 보이는 사람 중에서도 별별 사람이 다 있다는 것을, 아무것도 아닌 일로 억지 부리고 언성 높이는 사람이 얼마나 많은지를 뼈저리게 알게 되었기 때문이라고 했다.

"세상에 이상한 사람이 참 많죠."

"네." 가람이 고개를 끄덕이더니 "남들 눈에는 저도 어딘가 한 군데쯤 이상해 보이겠지만요" 하고 덧붙였다.

세영이 어째서 그렇게 생각하느냐고 묻기에 앞서 가람이 다시 느릿느릿 말을 이었다. 자기는 살면서 두 번 다시는 보고 싶지 않은 사람이 있는데, 그 사람을 만나지 않기 위해서라면 어떤 불편이나 손해라도 감내할 수 있다고 했다.

그토록 마주치고 싶지 않은 대상이란 아마도 가람이 원래 여행을 함께하기로 했던 동행인이 아닐까 하고 세영은 생각했다. 그러나 어제처럼 괜한 질문을 하지 않도록 마음을 다잡았다. 대신 "그럼 우리 여기서 돌아가지 말까요" 하고 말했다.

"네! 저는 좋아요."

가람이 그렇게 말하며 세영의 어깨를 끌어안았다. 오른쪽 어깨에 가람의 두 손이 와 닿았다. 왼쪽 어깨에는 달아오른 뺨이 머금고 있는 온기가 느껴졌다. 잠이 쏟아진다고 말하는 가람의 머리칼이 세영의 목을 간질였다. 세영은 아주 잠깐 두 눈을 감았다가 떴다. 그리고 가람에게 "편하게 누워서 자야죠" 하고 말하고 베개를 받쳐주었다.

세영이 과자 봉지를 치우고 티테이블을 제 위치로 옮기는 동안 가람은 어느새 잠들어 있었다. 그녀의 얼굴에는 여전히 붉은 기운이 돌았고 숨소리는 전날보다 좀 더 컸다. 세영은 자기 침대에 걸터앉아 한동안 가람의 얼굴을 살펴보았다. 그러면서 단 하루 전만 하더라도 서로가 모르는 사람이었다는 사실을 신기해했다. 가람과 보낸 하루는 눈 깜짝할 새에 지나가버렸지만 모순적이게도 그 안에 긴 시간이 욱여넣어진 것만 같다고 생각하며 천천히 샤워를 마쳤다. 쉽게 잠이 올 것 같지 않았고 와인을 몇 잔 더 마시고 잠자리에 든 뒤에도 세영은 한참이나 더 뒤척였다.

이튿날 아침 숙취에 시달린 것은 세영이 아닌 가람이었다. 가람은 머리가 울린다며 살금살금 걸었고 양치질할 때는 왼손 끝에 힘을 준 채 이마를 단단히 붙잡고 있었다.

"저 너무 마신 것 같아요." 가람은 진지한 얼굴로 말했다.

"와인 반 잔 드신 거 맞죠?"

"와인은 특히 약하거든요. 한 잔 마셨으면 오늘 관광도 못 했을걸요."

"지금은 가능하고요? 무리하는 거면 그냥 제낄까요?"

세영의 말에 가람은 "아뇨, 그건 안 되죠!"라고

외친 뒤에 급히 양손으로 관자놀이를 감쌌다. 결국 해결 방안을 낸 것도 가람이었다. 일일 투어는 점심 식사 전후로 나뉘니 오전 일정만 건너뛰고 오후부터 가는 게 어떻냐는 거였다. 세영은 가이드에게 연락했고 가이드는 또다시 채팅에 버금가는 속도로 오후 집합 시간을 알려 왔다.

한시름 놓은 두 사람이 조식을 먹는 동안 스콜이 내렸다.

먼저 비가 내릴 것을 예감한 것은 세영이었다. 갈증이 났던 터라 빵 한 조각을 겨우 먹은 뒤에 접시 가득 담아 온 수박과 망고만 끝없이 집어 먹던 세영은 문득 하늘을 뒤덮은 구름의 빛깔이 둔탁해졌다는 사실을 알아챘다. 굵은 빗방울이 쏟아지기 시작한 것은 순식간의 일이었다. 쌀국수를 조금씩 떠서 천천히 씹어 먹던 가람이 어머, 하며 고개를 들었고 이마에 맺힌 땀을 훔쳤다. 잠시 동안 두 사람은 굵은 빗방울이 세차게 쏟아지는 창밖을 바라보며 말없이 입 안에 든 것을 씹었다.

"무리해서 나가지 않기를 잘했네요." 세영이 말했다.

"그러게 말이에요." 가람이 고개를 끄덕였다.

두 사람은 지면을 두드리는 빗소리를 들으며 느긋하게 식사를 마치고 식곤증에 잠시 눈을 붙였다가 나설 채비를 했다. 언제 비가 왔었냐는 듯 내리쬐는 뙤약볕 아래 드디어 앙코르 유적의 백미라는 앙코르와트로 향하는 길이었다. 가람은 윤기가 흐르는 아몬드 빛깔의 원숭이를 발견했다. 곧장 신기해하며 다가가는 세영과 달리 정작 먼저 원숭이를 본 가람은 한 발짝 뒤에서 힐끔거리기만 했다. 원숭이를 보고 싶기는 하지만 갑자기 덤벼들기라도 할까 봐 겁이 난다는 이유에서였다.

"내 뒤에서 봐요, 그럼."

세영의 말이 끝나기 무섭게 가람은 세영의 두 어깨를 움켜쥐듯 잡고 바짝 붙어 섰다. 그 채로 원숭이 쪽으로 1미터 앞까지 다가섰을 때 가람은 숨까지 멈췄다. 긴장한 두 사람과 달리 원숭이는 그녀들에게 어떠한 관심도 없는 듯 보였다. 일과에 지친 중년처럼 퍼질러 앉은 모양새로 하얀 배를 내보인 채 뭔가를 우물우물 씹고 있을 뿐이었다.

"너무 가까이는 가지 마시고요."

어제와 변함없이 허스키한 목소리로 가이드가 말했다. 전날에 이어서 같은 차를 타고 관광에 나선 노부부가 그에게 원숭이가 위험하냐고 묻자 그는 조금 떨어진 자리에서 사진을 찍는 정도라면 걱정할 것 없다고 제법 친절하게 대답했다. 그리고 몇 분쯤 원숭이와 사진 찍을 시간을 준 후에 다시금 일행 전체를 불러 모았다.

"자, 이제 우리는 대망의 앙코르와트 앞에 와 있습니다. 미리 찾아보고 오신 분들도 있겠지만 '와트'라는 건 사원이라는 의미예요. '앙코르'라는 말의 뜻은 설이 좀 나뉘는데, 대표적인 게 '도시'라는 설이죠. 사원이 얼마나 많으면 그 자체로 하나의 도시를 이뤘다고 생각했을까요. 또 다른 설에 의하면 앙코르라는 말이 '신들이 사는 곳'이라는 말에서 유래했다고도 합니다. 그러면 신들이 살았던 사원이라고 볼 수 있겠죠. 그런데 실제로 앙코르와트를 다녀온 사람들은 이렇게들 많이 얘기하죠. 우리가 멋진 노래를 한 번 더 듣고 싶을 때 뭐라고 하죠? 그렇죠, 앙코르! 하고 말하죠. 바로 이곳, 앙코르와트는 한 번 보는 것으로는 부족하고 앙코르를 해야, 그러니까 다시 와봐야 그 진가를 알 수 있는 곳이다, 그렇게 기억되는 곳이라는 겁니다. 자, 사진 찍어야죠? 제 앞으로 한 팀씩 와서 서보세요."

앙코르와트 전체의 전경을 한 장에 담을 수 있

는 포토 스폿 앞에 섰을 때 가이드는 여느 때보다 진지한 눈빛으로 사진 촬영에 임했다. 가람은 그에게 휴대전화를 건넨 뒤에 자연스럽게 세영의 팔짱을 꼈다.

"잠깐 잠깐, 지금 한 분은 스마일인데, 다른 한 분은 표정이 굳어 있어요! 스마일! 같이 스마일!"

가이드가 세영을 향해 외쳤다. 그 목소리가 어찌나 큰지 세영은 눈앞이 빙글빙글 도는 것만 같았다. 그런가 하면 두 사람의 다음 차례로 노부부 순서가 왔을 때 그는 쪼그려 앉아서 뒤로 넘어갈 듯 몸을 기울여가면서 정성을 다해 사진을 찍어주었다. 자기는 몇십 년을 함께한 부부의 모습을 보면 늘 마음이 찡하다는 말도 덧붙였다. 그러자 노부인이 그에게 결혼은 했는지, 애인은 있는지 등등 신상에 대한 질문을 시작했고 가이드는 귀찮은 기색 하나 없이 질문에 일일이 대답해 주었다. 노부인의 남편이 이 여행을 보내준 자신의 큰딸과 사위에 대해 은근한 자랑을 이어가는 동안에도 그는 성의 있는 태도로 맞장구를 치며 들었다.

그날 일정을 안내하는 모든 이에게 신경을 쓰고 한마디 한마디에 다 반응해주려면 저 사람의 일도 녹록지 않겠구나 싶어서 세영은 내심 감탄했다. 하지만 세계를 휘젓고 파괴한 후 재생시키는 신과 영웅들의 이야기, 끝없는 전투들, 수십 가지 종류의 지옥도와 천국의 모습까지 석조 사원의 기둥과 벽면에 새겨진 부조의 의미를 더듬어가는 설명이 세 시간 넘게 이어지자 고개를 갸웃하게 됐다. 세영과 가람이 일행을 따라잡지 못할 때마다 기다렸다가 다시금 길을 안내해주는 썸낭이 없었더라면 두 사람은 중간에 일행을 영영 놓쳤을지도 몰랐다.

"옛날 영화 보면 변사라고 있잖아요." 그날 관광의 막바지에 이르렀을 때 가람이 세영에게 소곤거렸다. "여기 사장님은 전생에 변사 아니었을까요?"

"그러게요. 딱이네요."

두 사람은 그렇게 키득거리다가 얼마 지나지 않아 그에게 앞으로 일정이 얼마나 남았느냐고 묻기 위해 말을 건다는 게 그만 "변사님!" 하고 부르고 말았다.

"뭐라고요?" 가이드는 영문을 모르겠다는 표정이었다.

"아, 아니에요." 세영이 웃음을 참기 위해 아랫입술을 깨물었다. "오늘 여기까지 보면 끝인가요?"

그는 부드럽게 고개를 젓더니 현지인들에게 인

기 있는 최고의 저녁놀 명당까지 안내하겠다고 말했다.

가이드의 말에 과장이 섞여 있지 않다는 사실을 세영은 그곳에 도착하자마자 알 수 있었다. 탁 트인 시야의 호수와 도로 사이로 이어진 둑방길에는 군데군데 현지 젊은이들이 데이트를 즐기고 있었다. 강렬한 자외선이 내리쬐던 하늘이 막 빛을 바꾸려는 참이었다. 가이드는 일행별로 깔고 앉을 돗자리를 나누어 주었다. 세영과 돗자리 위에 두 다리를 뻗고 앉았을 때였다. 그가 "이 순간을 오래 기억하시라고 저희는 음악도 틀어드립니다" 하고 말했다.

그 순간 세영과 가람의 시선이 부딪쳤다. 가람은 영 미덥지 않아 하는 얼굴이었고 세영 또한 마찬가지였다. 가이드가 재생시킨 것은 금세기 초반에 숱한 남성들이 노래방에서 미간을 있는 대로 찌푸리면서 목놓아 불렀던 록발라드 곡이었다.

하늘빛을 조금씩 잠식해가는 어둠, 아직 수평선 근방을 황금빛으로 붙들고 있는 태양의 기운, 맨 먼저 어둠에 물든 것처럼 보이는 강변의 키 큰 나무들, 그 모든 것을 그대로 비추어 보이는 강물의 모습을 시선에 담으며 세영은 생각했다. 만약 이 같은 광경을 혼자 보

았더라면 어쩐지 울적했을지도 모르겠다고. 그러다 자
칫하면 내가 이기적으로 군 탓에 짧은 휴가를 쓸쓸히
보내게 됐다는 괜한 후회에 빠졌을지도 모른다고 말이
다. 그런 감상에 너무 깊이 빠지지 말라는 듯이 어느새
노을을 위한 배경 음악은 케니 지가 연주하는 끈적끈적
한 색소폰 선율로 바뀌어 있었다.

　"혹시 어디 가서 말 못 하고 혼자서 조용히 숨어
서 듣는 노래 있어요?"

　세영이 가람에게 물었다. 가람은 생긋 웃더니 물
론이라고 했다. 그러더니 세영의 어깨를 살그머니 붙잡
고 귓속말을 했다. 세영은 가람의 아랫입술이 귓불에
닿을 것만 같아서 간지러움을 참고 있다가 그녀가 말하
는 이름과 곡명을 듣고서 그대로 앞으로 고꾸라졌다.
끅끅대며 웃는 세영을 보며 가람은 비밀이라는 듯 검지
를 자기 입술에 대고 쉿, 하는 포즈를 취했다.

　"이 사실은 앙코르와트에 묻고 가도록 할게요."
가람의 표정이 진지했다.

　"그럴 것까지 있어요? 실은 저도 좋아해요, 그 노
래."

　"정말요?"

"네. 가끔 숨어서 들어요."

"유튜브에서 한 번씩 뮤직비디오도 보고요?" 가람이 되묻자 세영은 "그럼요. 잊을 만하면 한 번씩 봐줘야죠" 하고는 다시금 웃음을 터뜨렸다.

그날 저녁에 숙소 근처의 펍스트리트로 향한 세영의 머릿속에 떠오르는 신은 오직 칼라뿐이었다. 무엇이든 먹어치우는 바람에 입 아래로는 자기 몸까지 먹어버려서 머리밖에 남지 않았다는 칼라의 신화가 떠올랐던 것이다. "마지막 만찬이니까 칼라처럼 먹어요, 우리" 하고 세영이 말하자 가람은 그 말이 너무 마음에 든다며 손뼉까지 치더니 종일 걸치고 있었던 리넨 재킷을 벗었다. 엷은 잿빛의 민소매 티셔츠 차림이 된 가람의 모습을 본 세영은 그녀의 팔을 가볍게 건드리며 말했다.

"이럴 줄 알았어. 날씬하기만 하구만 뭣 하러 스트레스받았어요?"

"날씬이요? 제가요? 말도 안 돼." 가람이 양손으로 자신의 어깨를 감쌌다. "서울 가면 진짜 무슨 수를 내도 낼 거예요. 그 전에 모닝글로리볶음 실컷 먹고요, 아목이랑."

두 가지 메뉴에 더할 요량으로 세영은 우선 파인애플볶음밥을 골랐다. 그리고 아목과 함께 대표적인 현지식이라는 록락도 시켜보기로 했다. 거기에 두 사람은 칵테일도 한 잔씩 주문했다. 가람은 점원에게 특별히 연하게 만들어달라고 부탁하는 것을 잊지 않았다.

실내에는 은은하기는 하지만 냉기를 머금은 에어컨 바람이 돌고 있었고 테이블 위는 여유 공간이 없을 만큼 음식이 든 접시로 가득 채워져 있었다. 게다가 남모르게 숨어서 듣는 음악에 관해 이야기한 직후여서 두 사람 사이에서는 화젯거리가 끊이지 않았다. 서로의 문화적 취향에 대해 이야기를 나누다 보니 자연스레 지금까지의 삶의 궤적까지 털어놓게 되었다. 그러다가 두 사람은 놀라운 사실 한 가지를 발견했다.

그것은 세영이 지금의 업장을 열기 전의 직장이었던 베이커리 카페에 가람이 종종 들렀다는 사실이었다. 대학생이었을 때 가람은 스트레스가 쌓이면 자신에게 주는 선물인 셈 치고 그곳에 가서 버터와 크림이 듬뿍 든 빵을 한 아름 샀다고 했다. 그러다 점점 방문을 거듭하면서 담백한 식사 빵의 매력에 눈을 떴다는 것이었다.

"맞아요! 거기 단골 많았어요. 진짜 신기하다."
세영은 흥분을 감추지 못했다. "주로 언제 왔었어요?
주중에요? 주말에요? 마주쳤을 수도 있거든요. 오다가
다 동네에서 마주쳤을 수도 있고요."

가람이 포크를 빨듯이 우물거리며 대답을 망설
였으므로 세영은 재빨리 "내가 너무 파고들었나 보다"
하고 한발 물러났다. 그러자 가람이 가볍게 고개를 저
었다.

"아니에요, 아니에요. 그래서가 아니라, 그때는
제가 지금보다도 되게 찌질했었거든요."

세영은 그럴 리가 있느냐며 살며시 가람의 어깨
를 건드렸다. 가람은 겸연쩍어하며 다시 한번 진짜라고
강조했다. 특히 취준생 시절에는 피부 상태도 엉망이었
고, 빵 몇 개도 망설이며 고를 만큼 경제적으로 쪼들렸
으며, 덩달아 마음에 여유도 없었다고 말이다. 그 말을
하는 눈빛에서 장난기는 읽히지 않았다.

진지한 가람의 얼굴 때문에 세영은 평소 같으
면 누군가의 면전에서 결코 하지 못했을 법한 말을 입
밖에 냈다. 그것은 당시에 가람이 어떤 모습을 하고 있
건 가람 스스로 느꼈던 것과 타인이 가람을 바라볼 때

의 느낌은 다를 수 있다는 말이었다. 왜냐하면 가람은 남들이 가지고 있지 않은 환하고 아름다운 웃는 얼굴을 가지고 있기 때문에. 일상적으로 짓는 미소만으로도 보는 사람까지 기분이 좋아지고 세상이 밝아지는 것 같았을 테니까 말이다. 세영이 말을 마치기도 전에 가람은 말도 안 된다며 펄쩍 뛰었다.

"가람 씨, 잘 생각해보세요. 실은 그런 말 많이 들어봤죠? 면접 볼 때도 미소에는 자신 있지 않았어요?"

"아뇨." 가람은 정말로 영문을 모르겠다는 얼굴이었다. "전 그런 말 태어나서 처음 들어봐요. 아, 어깨랑 팔도 그래요. 거기가 날씬하다는 말은 난생처음 들었어요."

"정말요?"

하얀 셔츠를 입은 점원이 두 사람이 앉은 테이블로 다가와서 물잔을 채워주었다. 가람은 그녀에게 눈짓으로 가볍게 인사하며 미소를 지어 보였다. 세영은 방금 그 미소만 하더라도, 하고 말하려 했지만 가람이 먼저 입을 열었다.

"하체는 날씬한데 상체 비만이라는 말은 어릴 때부터 쭉 들었고요, 표정은 은행에서 특히 지적 많이 들었

어요. 가만있으면 부루퉁한 인상이니까 거울 보고서 웃
는 연습이라도 하라고요."

"설마……."

"초반에는 클레임도 엄청 받았어요. 뚱해 보인다
는 말을 하도 많이 들어서 진짜 노이로제가 올 지경이었
어요."

세영은 적잖이 충격을 받아서 그럴 리가 없다고
중얼거렸다. 가람이 거짓말을 하는 것 같지는 않았으니
세상 사람들은 하나같이 뭔가를 단단히 착각하고 있는
모양이었다. 이렇게 빤히 보이는 것을 보지 못하다니
어떻게 된 것일까.

"표정이 너무 심각하신 거 아니에요?" 가람은 세
영의 얼굴 가까이에 자기 얼굴을 들이대며 물끄러미 세
영의 두 눈을 바라보았다. 그러더니 얼마 지나지 않아
웃음이 나서 못 참겠다는 듯 키득거리기 시작했다. 한
뼘도 떨어져 있지 않은 그녀의 얼굴에 가득 담긴 미소가
보기 좋아서 세영은 머리가 멍했다. 이것 보라며 외치고
픈 심정이었다. 이토록 분명한 것을 어째서 아무도 알아
채지 못하는 것인지 도무지 이해할 수가 없었다.

세영은 그날 밤에도 변함없이 잠을 이루지 못한 채 뒤척였지만 오늘 밤에는 자신이 쉽게 잠들지 못하는 이유에 대해 명확하게 인지하고 있었다. 지난 기억이 한꺼번에 되살아났던 것이다. 그 기억의 중심에 있는 사람의 미소와 목소리까지. 10여 년 전에 그녀가 세영에게 해준 말은 오늘 가람이 한 말과 꼭 닮아 있었다.

"나는 그런 말 언니한테 태어나서 처음 들어봤는데? 날 그렇게 봐주는 사람은 세상에 언니밖에 없어."

그 한마디를 시작으로 편도 두 시간이 걸리는 거리를 수도 없이 오가는 연애가 시작됐다. 마치 기차를 탄 듯 특유의 덜그럭거리는 소음을 들으며 1호선 동인천 급행을 얼마나 많이 탔던가. 수업을 빼먹고, 잠도 줄이고, 다른 약속은 무수히 뒤로 미룬 채 그녀를 만나기 위해 얼마나 자주 달려갔던가. 돌이켜보면 세영은 그 당시에 자신의 성정체성을 아직 어느 정도는 혼란스러워하고 있었음에도 그녀와의 연애에 온 마음과 정성과 시간을 쏟는 데 주저함이 없었다. 모순적이게도 그러한 시절을 겪고 나서 스스로의 정체성에 대해 자연스럽게 받아들이게 된 이후에는 일상에서 일이 차지하는 시간과 에너지가 절대적인 비중을 점유하는 바람에 새로운 사람을 만나볼 여유가 없어졌다.

사실 세영은 자신에게도 그런 시절이 있었다는 사실 자체를 까맣게 잊고 살다시피 했다. 그러니까 이 번 여행까지는. 그러다 돌아갈 날만을 앞둔 이 순간 그 간 잊고 있었던 감정이 생생히 되살아난 것이었다. 세 영은 바로 그 점 때문에 쉽사리 잠들지 못하고 있었다.

가람 역시 아직 깨어 있다는 사실을 세영은 느 낄 수 있었다. 그녀가 잠들면 들리는, 한숨을 쉬는 듯한 숨소리가 들리지 않았던 것이다. 말을 걸어볼까. 하지 만 무슨 말을 어떻게 건네야 할까. 고민을 거듭할수록 머릿속은 텅 비어갔고 세영은 잠자리에 든 뒤에 얼마나 시간이 흘렀는지조차 가늠할 수 없었다.

시간은 계속 흘러갔다. 이윽고 깊은 새벽에, 가 람이 먼저 입을 열었다.

"언니, 제가 고맙다는 말, 했죠?"

"그럼요."

"잠이 안 오네요. 마지막 밤이라서 그런가 봐요."

"저도요." 세영이 조그만 목소리로 동의했다.

"우리 그 노래나 같이 들어볼까요."

세영이 상체를 일으켜 침대 헤드에 기대앉자 가

람이 자리에서 일어나 옆으로 왔다. 그러고는 휴대전화로 그 곡을 재생시켰다. 두 사람이 줄곧 남몰래 들어왔던 노래가 어두운 방 안에서 흘러나왔다. 그런데 조그마한 볼륨으로는 특유의 낯 뜨거울 만큼 감상적인 분위기를 제대로 맛볼 수 없었다. 세영의 의견에 가람도 고개를 끄덕였다.

"돌아가서, 다시 한번 같이 들어볼래요? 볼륨 꽝꽝 울리게 해놓고요."

세영이 말했다. 자연스럽게 건넨 말이었으나 막상 말을 뱉고 나자 떨렸다. 가슴이 두근거리다 못해 손끝이 저려왔다.

"그렇게 해요." 가람이 세영의 손 위에 자신의 손을 포개며 속삭였다. "언니가 사는 동네로 제가 찾아갈게요. 우리, 꼭 다시 만나요."

공명을 위한 온도와 속도

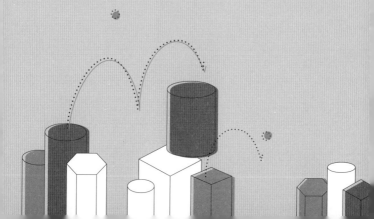

왓챠에서 시리즈물을 재생시키면 우측 하단에 오프닝 건너뛰기 버튼이 보입니다. 넷플릭스의 경우에는 오프닝 건너뛰기 버튼이 줄거리 건너뛰기로 바뀔 때도 있고, 보이지 않을 때도 있는 것 같고요. 마침 동생이 웨이브를 사용한다기에 어떨까 싶어 몇 가지 영상을 재생시켜보았지만 아예 해당 버튼이 보이지 않더군요. 방금 유튜브로 쳇 베이커의 앨범을 틀었을 때는 우측 하단에 광고 건너뛰기 버튼이 등장했습니다. 다른 플랫폼은 어떠할지, 또 한 플랫폼 내에서 콘텐츠별 차이는 어디에서 오는 것인지 궁금증이 들지만 그러다 보면 이야

오프닝 건너뛰기

버튼을 클릭한 셈 치고 지난해 어느 주말에 수원을 여행한 일로 넘어가볼까요.

대략 오후 2시부터 저녁 7시까지. 한나절이 채 되지 않는 시간 동안 머물러서 실은 여행보다 산책에 가까울 테지만, 여행을 떠나기 힘들었던 한 해를 보낸 터라 수원역에 내리는 순간부터 마음이 달떴습니다.

멀든 가깝든 다른 지역, 다른 동네에 가게 되면 우선 가는 길에 지도부터 보는 버릇이 있습니다. 호수나 하천, 바다가 보이면 되도록 주변을 한바탕 걷는 일정을 넣고요.

해서 수원 하면 맨 먼저 화성을, 화성 하면 화홍문 방향으로 뻗은 수원천 변을 걸은 일부터 떠올리게 됩니다. 11월 중순이었지만 천변 길의 버드나무는 여전히 녹색을 띤 이파리를 늘어뜨리고 있었습니다. 기분 같아서는 적어도 한 시간은 그 길을 누비고 싶었는데 새벽에 내린 비 탓인지 바람이 불지 않아도 냉기가 온몸으로 침투하는 듯했습니다. 급한 대로 핫팩을 사서 두 개나 붙여보았지만 아무래도 실외에서 오래 머무는 데는 한계가 있더라고요.

　그럼에도 화홍문 가까이에 위치한 북암문(적군이 모르게 출입하며 군수품을 나르는 용도의 비상구로 성곽에 성인 한두 명이 겨우 드나들 만큼 구멍이 뚫려 있는 형태입니다) 너머의 억새밭을 발견하고 성곽과 연못 사이를 촘촘히 메운 가을빛의 장관을 보며 억새의 파도가 출렁이는 소리를 들을 수 있어서 충만한 시간이었습니다. 곧이어 그 모습을 그대로 감상하기 적합한 통유리창 카페를 발견하여 기쁨이 배가 되었고요.

　잔 받침의 바닥을 뒤집어서 브랜드를 확인해볼 만큼 취향에 딱 맞는 찻잔에 담겨 나온 커피로 몸을 녹이며 창밖 풍경을 보는데 절로 한 해 전에 전주를 산책하던 시간을 떠올리게 되었습니다. 전주는 2020년 늦봄에 출간한 소설 『모두 너와 이야기하고 싶어 해』의 후반부 배경이 되었던 터라 2019년에는 여러 번 찾았는데요. 한옥마을과 나란히 위치한 전주천 변의 버드나무와 억새, 산책 후 한잔의 여유까지 방금 걸은 길의 모습과 겹쳐 보였던 것입니다. 그로 인해 다음 행선지는 자연스레 정하게 되었습니다. 『모두 너와 이야기하고 싶어 해』에는 주인공 경진이 전주의 객사 근방에 자리한 '객리단길'을 걷는 장면이 있는데, 지도상 화성 행궁 근방에도 '행리단길'이라는 거리가 있어서 눈에 띄었거든요.

행리단길에 들어섰을 때 단연 시선을 사로잡은 것은 새파란 아크릴판으로 건물 외벽을 감싼 공간에서 열리는 전시였습니다. 파란 바탕 위에 다시 물빛 네온 컬러로 덧댄 직사각형 아크릴판에는 '나의 길, 나혜석'이라고 적혀 있었고요.

방 한 칸 정도 너비의 공간에 꾸려진 전시는 아래와 같은 설명으로 시작하였습니다.

세계일주에 나선 첫 조선 여성

나혜석은 조선인 최초로 세계일주를 떠났다.

당시 조선인들의 여행은 서구의 관료들을 만나고 이들의 정치적 견해를 청취하며 조선의 비전을 전달하는 외교적 차원의 것이 대부분이었다.

나혜석의 여행은 순수하게 자신의 경험과 견문을 확장하는 여행의 본래 의무에 충실했다. 조선에서 태어난 첫 여행가라는 타이틀이 무색하지 않다.

나혜석은 1927년 6월 부산에서 출발해 중국 하얼빈을 거쳐 러시아 시베리아 횡단열차에 몸을 싣는다.

'조선에서 태어난 첫 여행가'라니, 지금껏 모르고 있던 사실이었습니다. 나혜석의 삶을 다룬 책을 손에 들었다가 내려놓고, 책장에 꽂아두고서도 차마 선뜻 집어 들지 못하던 시간 동안 그분의 삶을 단편적이고 비극적인 에피소드로만 인지하고 있었다는 자각이 들었습니다. 그러니 이 사실을 언제 접했더라도 놀랐겠지만 전에 없이 국경이 닫히게 된 한 해를 보내면서, 근교 도시로 향한 한나절의 짧은 여행에 감지덕지하는 와중에 접하게 되니 그 울림이 더욱 남달랐습니다. 당장 누구라도 붙잡고 바로 이런 만남이 여행이 지닌 묘미가 아니겠느냐고 말하고 싶은 심정이었어요. 전시장 안쪽에서 『조선 여성 첫 세계 일주기』(가갸날, 2018)라는 책과 조우하고는 속으로 박수를 쳤습니다. 2020년을 마감하며 읽을 책이 바로 이 책이다 싶었지요. 책장을 넘기면 맨 처음 등장하는 「떠나기 전의 말」은 다음과 같은 문장으로 시작합니다.

내게 늘 불안을 주는 네 가지 문제가 있었다. 첫째, 사람은 어떻게 살아야 잘 사나. 둘째, 남녀 사이는 어떻게 살아야 평화스럽게 살까. 셋째, 여자의 지위는 어떠한 것인가. 넷째, 그림의 요점은 무엇인가.

창작자이자 여성으로 사는 사람이 품고 있는 질문의 본질은 백 년을 가로질러 이토록 닮아 있구나 싶은 대목이었습니다. 다만 차이가 있다면 백 년 전에 고민한 사람 쪽은 질문의 무게를 나누어 질 동료를 만나는 경험이 희귀할 지경이었을 테니 압도적인 밀도로 외로웠으리라는 점이겠지요. 몇 시간 동안 그 외로움에 관해 곱씹으며 걷다 보니 한편으로는 이런 생각도 스쳤습니다. 시대를 성큼 앞서 산 사람은 원래부터 시간을 넘나들어 존재했을 터이니, 얼마나 외로웠을지 제 일처럼 느끼는 이런 마음도 어떠한 형태로든 수신하여 펼쳐 볼 수 있지 않을까 하고요.

그날 돌아오는 기차를 타며 아쉬웠던 점 한 가지는 열차에 오를 때면 늘 빼놓지 않는 캔 맥주 구매를 참아야 했던 점입니다. 수원역에서 서울역까지는 고작

20분 남짓이라 참을 만했지만, 차창의 풍경을 안주 삼아 맥주를 홀짝이며 떠나는 여행이 언제쯤 가능하게 될는지 다시금 궁금해하지 않을 수 없는 순간이었습니다.

세계 일주는커녕 훌쩍 떠나는 일 자체가 요원했던 한 해를 바꿔 말하면 가장 가까운 이와 유독 긴 시간을 보낸 해일 것입니다. 미국에서는 코로나가 진정되면 목돈을 벌어들일 직업이 두 개 있는데, 하나는 미용사이고 다른 하나는 이혼 전문 변호사라는 농담이 돌았다는 이야기를 들었습니다. 실제로 세계 각지에서 이혼율이 증가했다는 뉴스도 접했고요. 「오프닝 건너뛰기」를 쓸 때는 저의 주변 커플들도 다채롭게 갈등을 빚어서 '커플'이라는 밀접한 관계의 온도와 속도, 그 변화와 차이에 대해 여러모로 생각을 굴리게 되었습니다.

낯선 풍경을 향해 홀연히 떠나버리고 싶은 소망과 한자리에서 나를 기다리고 포근하게 맞이하는 존재가 있었으면 하는 갈망의 크기를 저울질해본 적이 있으신가요? 누군가 전하기를 그 두 가지는 저울질할 문제가 아니라 조율해야 할 문제라고 하더군요. 저울질로 단박에 답이 나올 문제가 아니니 확실히 조율 쪽이 나을 테지요. 만일 이 책에 담긴 세 편의 소설을 즐기는 동안 살면서 가장 밀접한 관계를 맺고 싶은 사람은 누구인지 되뇌어보실 수 있다면, 자신을 지키고 삶의 쾌적함을 유지하기 위해서 어떠한 형태의 관계를 맺을지 조율해보실 수 있다면 더할 나위 없이 기쁠 것입니다.

해설

규칙 없이 사랑하기

— 박혜진(문학평론가)

듣는 사람

은모든은 장편소설 『애주가의 결심』(은행나무, 2018)으로 데뷔했다. 이자카야, 칵테일바, 위스키바 등 망원동 일대의 다양한 술집을 배경으로 술잔 앞에 앉아 있는 한 사람 한 사람의 사연을 펼쳐 보이며 나즈막하게 전개되는 『애주가의 결심』은 드라마 〈심야식당〉이나 영화 〈카모메 식당〉처럼 우리 주변의 이웃들이 소박한 취향을 매개로 느슨하게 연결되는 일상 에피소드 중심의 소설이다. 비범한 하나의 이야기보다 여러 개의 평범한 이야기들이 연쇄하는 가운데 발생하는 연대감으로 세상의 냉소를 눅이는 이 소설에서는 술기를 머금고 깨어난 밤의 감각들이 잡담의 형식으로 진담을 끌어낸다. 하루하루 성실하게 살아가고 있는 청춘들의 사소한, 그러나 그 사소함으로 인해 채 발설되지 못하고 응고되었거나 휘발되어버린 이야기들이 모여 있는 다락방을 닮은 것 같기도 한 소설이었다. 숱한 이야기를 품고 있는 낡은 물건들로 가득한 나만의 비밀 공간. 봉인이 해제되는 순간 무질서하게 튀어나오는 잠겨 있던 시간들. 은모든 소설은 나즈막하지만 시끄럽고 소란스럽지만 고요한 첫인상으로 우리와 처음 만났다.

"무슨 일이 있었는지 선생님한테 한번 말해봐. 천천히 다 들어줄게." 데뷔작에 이어 발표한 장편소설 『모두 너와 이야기하고 싶어 해』(민음사, 2020)에서는 좀 더 본격적으로 그들 삶의 이야기들이 흘러나온다. 주인공 경진을 둘러싼 인물들이 저마다 품고 있는 자신들의 이야기를 꺼내놓으면 소설은 들끓는 수다와 사연으로 시끌벅적해지기 시작한다. 은둔형 외톨이였던 안경점 주인, 아빠를 싫어하는 딸, 상견례 마친 날 눈물바람으로 찾아와 결혼이 미친 짓인지 지금이라도 다 엎어버리는 게 미친 짓인지 모르겠다고 하소연하는 친구…….
어떤 이야기는 영락없는 내 삶이고 어떤 이야기는 어딘
가에서 들어본 것 같은 누군가의 삶이다. 경진에게 흘
러드는 이 대중없는 말들은 위계에 의해 서열화되지 않
음으로써 그 존재감을 드러낸다. 각자의 사연에 귀 기
울여주는 카운슬링은 사연의 경중을 판단하지 않는 데
에서 출발한다. 작은 이야기가 모여드는 곳에서 작은
이야기를 구분하는 개념이 없다. 그러한 개념을 필요로
하지 않는다.

　　그러나 은모든 소설의 매력을 익숙함과 일상성
에서만 찾는 건 그가 쓰는 소설을 지나치게 단순화하는
오류를 범하는 일이다. 오늘 우리가 청취하는 수많은
이야기는 수취인불명으로 특정되는 휘발성의 맥락 아
래 있다. 대중이라는 이름의 공중으로 터뜨려진 이야기
는 폭죽처럼 한순간 화려하게 쏘아 올려지지만 흔적 없
이 사라진다. 폭발적 자기서사의 시대인 한편 그 이야
기를 듣고 있는 사람을 특정할 수 없다는 사실은 아이
러니하다. 발설된 이야기가 어느 곳에 도달하는지 알
수 없으므로 끝내 미완성으로 남겨질 수밖에 없는 궁핍
한 말들의 시대에서 은모든 소설의 수다는 예외적이고

희소한 방식으로 제 가치를 드러낸다. 은모든 소설은 출발한 이야기가 어김없이 도착하는 구조로 이루어져 있기 때문이다. 일찍이 많은 작가들이 기존의 권위가 허락하지 않는 주체에게 발언권을 주었다. 문학의 역사는 누구로 하여금 말하게 할 것인가를 두고 치열하게 투쟁해온 목소리의 역사이기도 한 것이다. 그러나 은모든은 이례적으로 도착에 집중한다. 말하는 주체가 아니라 듣는 주체에 대해 고민한다. 관찰하고 개입하고 해석하는 화자가 아니라 들어주고 끄덕여주는 화자의 존재를 통해 은모든 소설의 주인공은 그들 사이에서 오가는 이야기 그 자체가 된다.

이때의 이야기는 속칭 '썰'을 푸는 형식으로 드러난다. '썰'은 말씀을 뜻하는 한자 '설說'에서 변화한 것이므로 글자 그대로 이야기를 뜻한다. 그러나 언젠가부터 자연스럽게 사용되고 있는 '썰을 풀다'라는 말의 용례를 살펴보면 그 쓰임이 본래 의미에 더해 특정한 상황에서 쓰일 수 있는 의미를 품고 있다는 것을 알 수 있는데, '썰'은 주로 사람들의 관심을 모으기 위해 자신의 경험 혹은 경험에 기반한 이야기를 들려줄 때 효과적으로 쓰인다. 개인의 이야기 혹은 특정한 이야기에 대한 주관적 해석이나 이해를 바탕으로 재구성한 내용을 '썰'이라고 할 때, 은모든 소설에서 이루어지는 수다를 채우고 있는 것은 각자가 풀어내는 썰이다. 요컨대 썰은 자신을 넘어서지 못한 이야기, 타인과 공유되며 분석되고 해석되지 못한 이야기를 의미한다. 어쩌면 말하는 자신마저도 그 의미를 이해할 수 없고 말의 향방을 알 수 없는 아직 진행 중인 이야기. 불완전한 담화로서 이들 각자의 썰은 듣는 이의 적극적 참여에 의해 결말이 진행될 수 있다는 점에서 청자를 다른 의미의 주체로 명명한다. 수동적 청자가 아니라 능동적 청자를 요하고 듣는 이야기가 아니라 간섭하는 이야기로서 은모든 소설의 썰은 듣는 사람을 이야기의 무대 한가운데로 불러 올린다.

사랑의 문법

이 소설집에 수록된 각각의 작품은 『애주가의 결심』이나 『모두 너와 이야기하고 싶어 해』에서 에피소드로 만날 수도 있었을 사연들로 구성되어 있다. 살

아가면서 한 번쯤 겪어봤거나 직접 경험하지 못했더라
도 누군가의 경험담으로 들어봤음직한 소재, 한마디로
우리 인생의 이야기. 세 편의 소설을 다 읽고 나면 누구
라도 가장 먼저 삼십대 중반이라는 나이와 연결된 이미
지를 떠올릴 것이다. 소설의 주인공들은 삼십대 중반에
막 결혼한 부부이거나 연애하지 않고 살아가는 중이거
나 이전의 연애에서 아직 헤어나지 못하고 있는 이들이
다. 취직, 연애와 결혼, 출산과 양육으로 이어지는 '삼십
대의 업무'를 완수하지 못했거나 어쩐지 '제대로' 수행
하고 있지 못하다고 느끼는 데에서 비롯되는 불안감이
이들을 둘러싸고 있는 지배적인 정서다. 이들에 대해
무엇을 듣게 될까. 어떤 고민들이 우리 앞에 도착할까.

　　세상이 바뀌는 속도와 무관한 것을 하나만 꼽으
라면 인생에 대한 오래된 기대들일 것이다. 시대의 문
법이 바뀌어도 사랑과 연애 그리고 결혼을 둘러싼 문법
은 좀처럼 쉽게 바뀌지 않는다. 실체는 변화하고 있을
지라도 변화한 실체가 기존의 문법과 불화하며 여기저
기서 충돌음을 내는 것이다. 충돌하는 소리가 가장 선
명하게 들리는 작품은 「쾌적한 한 잔」이다. 주인공은
오랜 시간 연애하지 않고 있는 삼십대 중반의 남성 은

우다. 친구들에게 초식남이라는 소리를 듣기도 하는 그는 시간이 지날수록 줄어드는 모임 가운데 그나마 근근이 유지되고 있는 중학교 동창 모임에 나갔다 자신에게 호감을 보이는 동창 소하로부터 씁쓸하달까 불쾌하달까, 결코 반갑지 않은 소리를 듣는다. 그가 오랫동안 연애하고 있지 않은 것을 두고 친구들끼리 그의 성정체성을 운운했다는 얘기다. 은우에게는 두 번의 연애 경험이 있다. 두 번 다 상대방으로부터 이별 통보를 받고 끝났지만 은우 스스로는 이별의 책임이 자신에게 있다고 여긴다. "키스를 떠올리는 것만으로도 쫓기는 듯한 기분이"(79쪽) 드는 그는 무성애라고 할 수 있을 만큼 성관계를 원하지 않았기 때문이다. 상대방이 어떤 사람인가에 관계없이 그에게는 연애라는 행위에 따르는 일련의 과정이 자연스러운 기쁨이 아니라 감내해야 하는 고통으로 다가온다. 은우에게 연애하지 않는 삶은 고통을 피하는 자연스러운 삶의 방식이지만 그를 바라보는 가족이나 친구들에게 그의 삶은 그 자체로 받아들여지지 못한다. 연인에게 그는 치료해야 할 트라우마를 안고 사는 환자이고 친구들에게 그는 성정체성을 숨기고 있을지도 모르는 '퀴어'한 존재이며 가족들에게 그는 아직 짝을 찾지 못한 죄인이다.

초식남이 많아지고 있는 현상에 대해서라면 사회적 문화적 경제적 관점, 이른바 온갖 분야의 언어로 원인을 찾을 수 있을 테지만 그중 가장 널리 알려진 것이라면 역시 불확실성에 대한 회피의 결과로 바라보는 시선일 테다. 연애와 결혼은 인생에서 가장 불확실성이 높은 선택에 속한다. 두 사람의 인생이 하나의 삶으로 결합하는 데에 따르는 어려움을 보여주는 작품은 「오프닝 건너뛰기」이다. 수미와 경호는 신혼부부다. 결혼한 이후 수미는 혼자가 아니라 누군가와 함께 산다는 것에서 온기를 느끼지만 그렇듯 따뜻한 느낌은 오래가지 않는다. 함께 살게 되자 자신과 다른 경호의 생활 방식이 눈에 거슬리기 시작한다. 〈와이 우먼 킬〉에 등장하는 타이틀 시퀀스에 대한 상반된 기호는 두 사람의 다름이 드러나는 장면인 동시에 신혼이라는 시간을 보내는 어려움에 대한 수미의 감정이 드러나는 장면이기도 하다. 수미는 제목이 나오는 장면을 보지 않는다. 바로 본론으로 건너뛰고 싶기 때문이다. 반면 경호는 타이틀 시퀀스가 작품과 세트라고 생각하는 사람이다. 서로의 다름을 확인하고 함께 생활하는 데 필요한 적정

거리를 조정하기 위해 거쳐야 하는 시간, 요컨대 결혼
생활의 '오프닝'을 건너뛰고 싶은 수미의 태도를 두고
어려움을 회피하고 싶은 단순한 꾀병이라고 볼 수는 없
다. 자신의 얼마만큼을 내어주고 경호의 얼마만큼을 받
아들여야 할까. 함께 살기 위해 두 사람은 각자의 삶을
어떻게 변화시켜야 할까. '오프닝 건너뛰기' 장면은 결
합된 존재로서 자신을 재설정하는 일의 어려움을 보여
주는 진담이다.

　　사랑과 결혼에 대한 이들의 썰은 결코 혼자서
도 충분한 삶이라고 말하지 않는다. 초식남 은우는 자
신에게 자연스러운 연애가 무엇인지, 그런 연애를 즐길
수 있는 사람이 누구인지 아직 찾지 못했을 뿐이다. 수
미 역시 '함께 사는 방식' 앞에서 고전하고 있을 뿐 결
혼한 자신의 선택을 후회하는 것은 아니다. 혼자서도
충분하다고 주장하거나 결혼이라는 제도에 대해 한층
신랄하게 비판했다면 그들의 이야기를 썰이라고 부를
수 없을 것이다. 은우도 수미도 자신의 상태에 무슨 이
름을 붙여주어야 할지 모른다. 적당한 이름을 찾지 못
하고 있다. 초식남이라는 말은 은우를 충분히 반영하
지 못한다. "자신이 견뎌낼 수 있는 온도와 머물 수 있

는 환경"(「쾌적한 한 잔」, 84쪽)에 대해 가늠해보는 일은 은우에게만 해당되는 고민은 아니다. 비급 며느리와 같은 표현도 "어디든 훌쩍 떠나고 싶어진"(「오프닝 건너뛰기」, 27쪽) 수미의 마음을 충분히 설명하지 못한다. 각자의 삶이 존중받고, 그 안에서 자기만의 방식으로 사랑하고 연애하고 결혼할 수 있는 세계가 도래한 것 같지만 보편적 삶의 방식과 다른 이야기들은 끊임없이 자신의 존재를 증명해 보여야 한다.

문법 없이 하는 사랑

그러나 증명은 끝내 실패할지도 모른다. 우리 자신이 사랑을 선택하는 것이 아니라 사랑이 우리를 선택하는 것이기 때문이다. 사랑에 대한 인간의 무력함에 대해 말하려는 게 아니다. 사랑이라는 불가항력에 대해 이야기하는 것이다. 사랑의 문법은 완성된 이야기가 아니라 언제나 미완성으로 존재하는 썰의 형식으로, 말하자면 제각각의 방식으로 존재한다. 애초에 썰이란 타인에게 승인받기 위해 시작되는 것이 아니라 이야기 자체를 위해 시작된다. 썰은 듣는 사람에게 도달하면 그 것으로 자신의 임무를 다한다. 은모든의 썰들은 몸집을 불리지 않음으로써 보편이 되지 않는다. 보편적 이야기 가 되는 것을 거부함으로써 계속해서 각자의 사연으로 존재한다. 썰은 규정을 바라지 않는다. 규범을 필요로 하지도 않는다. 은모든 소설의 인물들이 썰을 풀면 나 는 귀 기울인다. 그들이 겪은 부당한 감정들, 어떻게 해 야 할지 알 수 없는 혼란스러운 감정들 속에서 평범해 보이지만 특수한 감정들을 알아볼 뿐이다.

앞의 두 작품이 연애와 결혼에 대한 못다 한 말 들이라면 「앙코르」는 비규범적이고 비규정적인 사랑 의 형태를 그리는 작품이다. 세영과 가람은 캄보디아 씨엠립 공항에서 처음 만난 사이다. 세영이 캐리어를 분실한 가람에게 도움의 손길을 건넨 것이 인연이 되어 두 사람은 예정에 없던 여행을 함께한다. 두 사람 모두 에게 이번 여행은 지난 삶을 돌아보고 새로운 삶을 계 획해볼 수 있는 선물 같은 시간이다. 그동안의 루트에 서 벗어나서일까, 생각과 행동을 속박하는 일상의 중력 으로부터 벗어난 두 사람의 가벼운 마음은 여행을 함께 하는 동안 서로를 향한 호감으로 발전된다. 앞으로 두 사람의 인생이 완전히 다른 색으로 물들지도 모른다는 예감이야말로 여행이 우리에게 주는 진짜 선물일 것이다. 한때 사랑했던 연인과의 관계를 통해 자신의 성정체성을 받아들이게 되었으나 이후 바쁘게 돌아가는 일상에 치여 오랫동안 연애를 하지 못한 세영에게도, 지난 연인과의 결별에 대한 잔상을 떨쳐버리지 못한 가람에게도. 두 사람 사이의 감정을 상상하는 데에는 어떤 규칙도 작용하지 않는다.

　　다시 한번 하는 것. 문학의 쓰임은 발견이 아니라 재발견에 있다. 사랑에 빠지는 것이 아니라 다시 사랑에 빠지는 것, 이별의 아픔을 전부 다 기억하고 있음에도 불구하고 또다시 사랑을 시작하는 것. 다시 사랑할 때 사랑의 진가를 알 수 있다. '다시'에는 본질에 다가갈 수 있는 힘이 있기 때문이다. 두 사람의 여행을 안내하던 가이드가 앙코르와트라는 이름의 기원에 대해 설명하며 앙코르라는 단어에 두 가지 뜻이 있음을 알려준다. 하나는 '도시'라는 설이다. 앙코르와트에 사람이 많이 살아서 그 자체로 하나의 도시를 이뤘다는 데에서 비롯된 생각이다. 다른 하나는 신들이 사는 곳이라는 말에서 유래했다는 설이다. 그런데 막상 앙코르와트를 여행한 사람들은 이렇게 앞의 이야기와 상관없는 이야기를 한다. 앙코르! 앙코르! 한 번 보는 것으로는 부족하고 다시 와봐야 그 진가를 알 수 있는 곳이라는 의미에서다.

"따프롬 사원을 휘감고 있는 스펑나무를 여러 곳에서 거듭하여 관찰하자 어쩐지 저항감이 들었던 첫인상은 서서히 누그러들었다. 스펑나무가 무너져가는 돌벽을 전력을 다해 움켜쥐고 지탱하고 있는지도 모르겠다는 생각이 든 것이었다. 아마도 오늘 보는 것 중에 이보다 더 마음을 동요케 하는 광경은 없으리라는 예감도 들었다."(111쪽)

따프롬 사원을 움켜쥐고 있는 듯한 스펑나무는 돌벽 틈에 파고들어 뿌리를 내린 씨앗이 긴 세월 동안 자라서 사원과 한 몸인 듯 돌벽에 똬리를 틀고 있다. 세영은 스펑나무 뿌리가 수십 미터씩 뻗어 있는 데에서 자연에 대한 경외감보다는 마지막까지 상대의 모든 것을 빨아들여 제 것으로 삼으려 하는 악착스러움과 탐욕을 보지만 거듭된 관찰을 하며, 그러니까 다시 또다시 보며, 나무에 대한 첫인상을 수정한다. 악착스러운 탐욕이 아니라 무너져가는 돌벽을 움켜쥐고 지탱하고 있는 것이라고 말이다. 돌벽이 있어 그 사이에 뿌리를 내렸고 나중에는 그 뿌리로 인해 돌벽이 지탱되고 있는 모습이 내게는 자신의 인생을 지탱하기 위해 썰을 풀어놓는 이들의 말뿌리처럼 보인다.

　　삼십대 중반이라는 나이에 세상은 뿌리 내릴 돌벽을 찾고 뿌리로 돌벽을 지탱하며 분리될 수 없는 하나가 되기를 요구한다. 그러나 그 강렬한 결합이 꼭 사람을 통해서만은 아닐 것이다. 사랑은 더더욱. 결합의 시점이 삼십대 중반일 필요도 없다. 오랜 시간을 견뎌 온 스펑나무가 주는 경이함은 차라리 오랜 시간 자체에 있다. 켜켜이 뿌리 내린 역사가 비에도 바람에도 흔들리지 않는 강렬한 결합을 가능케 했던 것처럼 우리는 자신의 속도로 자신의 뿌리를 내릴 수 있을 뿐이다. 은 모든이 풀어놓은 숱한 썰들이 각각의 말뿌리가 되어 외부의 힘으로 쉽게 분리할 수 없는 튼튼한 똬리가 되는 모습을 상상한다. 자유롭게 흘러나온 숱한 이야기 다발이 문법도 규칙도 없는 유일한 똬리를 완성할 것이다.

트리플 2

오프닝 건너뛰기
© 은모든, 2021

초판 1쇄 발행일 2021년 3월 1일
초판 2쇄 발행일 2021년 3월 5일

지은이 · 은모든

펴낸이 · 정은영
편집 · 김정은 정사라 안태운
마케팅 · 이재욱 최금순 오세미
       김하은 김경록 천옥현
제작 · 홍동근
펴낸곳 · (주)자음과모음
출판등록 · 2001년 11월 28일
         제2001-000259호
주소 · 서울시 마포구 양화로6길 49
전화 · 편집부 02) 324-2347
      경영지원부 02) 325-6047
팩스 · 편집부 02) 324-2348
      경영지원부 02) 2648-1311
이메일 · munhak@jamobook.com

ISBN 978-89-544-4634-1 (04810)
      978-89-544-4632-7 (세트)